や
し貴族の
聖人化
レベルアップ
2
八華
ill. すざく
JN049190

カティア
Katia
レオ
leo
セリム
Selim

ドリームチームで聖都に突入！
ギルベルト
Gilbert
ナディア
Nadia
「これだけ戦力をそろえても
厳しい敵が待ち構えている。
気を引き締めていくぞ」
結界魔法と剣術で
高い防御力を誇るギルベルト。
多種多様な結界と補助魔法を
臨機応変に使える俺。
妨害魔法で敵を攪乱しつつ
攻撃も強いナディア。
感知魔法で敵の動きを読み、
不意打ちを防げるカティア。
MPの制約はあれど、
どんな致命傷でも治療可能な〈システム〉。
そして、圧倒的な力を持つ勇者レオだ。
まさにドリームチームである。

「おめでとうございます。
〈クエスト〉クリアです」
聖女エヴァ
Saint Eva
聖女の力は、
俺よりはるかに強かった。
でも、それは人間が持てる
限界を超えていて……
だから、聖女は死んだのか。
彼女は俺に
全てを託したんだ。
やるしかない。
導き出した攻略法

八華 ill. すざく
hachihana presents
illustration by
suzaku
やりなおし貴族の
聖人化レベルアップ
2

本文・口絵イラスト：すざく
デザイン：AFTERGLOW

CONTENTS

二学期初めの研修旅行

船上から見る海は、魔物で埋め尽くされていた。

ザァっと音がして、フグ型の小さな魔物が、一斉に海から風船のように浮かび上がる。膨れた白い腹を持つ濁った緑色の浮遊物で視界が覆われた。

奴らが丸い身体を震わせると、紫色の霧が、六人乗りの小さな船を取り囲んだ。フグ魔物の肉厚な唇から噴射された毒の霧は、逃げ場もなく俺たちに襲い掛かる。

「風壁結界」

俺はお家芸のベルクマン結界の応用で、魔物から船を守った。

「計画通り、防御と操船は俺一人で十分だな。皆は攻撃に集中してくれ」

言いながら、俺は複数の結界を展開して衝撃に備えた。

「爆撃魔法！」

「炎旋風！」

仲間の放つ魔法の光が、船の周囲で明滅する。

激しい水飛沫があがり、魔物たちが吹き飛んでいった。障害物のない海は、大規模魔法を撃ち放題だ。

「順調ね。どんどんいきましょ」

上機嫌のナディアが言う。

同じ船に乗る仲間は五人。ほとんどは一学期の学園内対抗戦と同じメンバーだ。

ナディアを筆頭にルヴィエ家の三人娘たちは、船上から攻撃魔法を撃ちまくっていた。

中央で一番強い攻撃魔法を放っているのがルヴィエ侯爵令嬢のナディア。こげ茶のストレートの長い髪をなびかせて、大量の魔物を倒しながら良い笑顔を見せている。彼女は俺と学園で協力関係にあるやり手の令嬢だ。

「ふふーん。セリム公子にここまでお膳立てしていただいて、お蔭で楽しい狩りができてますね」

ナディアをサポートするように、彼女の討ち漏らした敵を片付けているのは、ジュリエッタ・ジャノー子爵令嬢。ナディアの秘書的な役目をしている眼鏡をかけた女の子だ。

「さあ、どんどんいくわよ～」

ピンクブロンドのポニーテールはパメラ・サティ伯爵令嬢。一学期の終わりに彼女の実家、サティ伯爵家で魔人と戦う大事件があった。それはパメラにとってとても辛い出来事だったのだけど、彼女は二学期も俺たちに元気な顔を見せてくれていた。

一方、海を駆けながら華麗な剣技を披露する者もいる。

「雑魚狩りって、超楽し～い。ザックザック切り刻んでやるぜ」

水上を駆けながら魔物を細切れにしているのは、俺の側近のギルベルトだ。一体一体はさして強くない魔物を相手に、彼は鼻歌まじりに無双状態を楽しんでいた。

だが、そのギルベルトのすぐ側で、魔力の爆発が起こる。

「うぉっ、ちょっと、魔法向けないでよ。危ないなあ」

慌てて避けながら、ギルベルトは抗議の声をあげた。しかし、魔法を撃った当人——未来の勇者レオは気にした様子もなく、

「邪魔だ。ここでは剣より魔法の方が効率的だろ」

と、ギルベルトの抗議を一蹴していた。

レオは平民出身だが大貴族を上回る戦闘能力を持つ男で、今は俺の実家であるベルクマン公爵家が彼を支援していた。

「俺は剣一本で戦いたいの！」

ギルベルトはなおも水面を跳ね回っている。

すると、また彼のすぐ側で味方の魔法がうなりを上げた。

「風魔法で魚を吹き飛ばすのも、面白いですわよ」

ナディアの風魔法の直撃を受けて、ギルベルトの身体は大量の魔物とともに宙を舞った。

「ぎゃあぁぁぁあっ！」

「……風壁結界」

俺はギルベルトの周りを結界で囲んで守ってやった。

魔物の攻撃より、味方の魔法の被害を減らすのに神経を使うなあ。

しばらくして、島から連絡用の信号弾が上がった。

狩りは終わりだ。

「三十分以内に港に着かないと、減点されるんだったな。距離があるから急いで戻るぞ」

俺は、船の各所に設置しておいた付与魔法の文字に魔力を通して、戦場から一気に離脱した。


俺、セリム・ベルクマンは一周目の人生を破滅的に終え、悪魔に魂を奪われたはずだった。だが、正体不明の不思議な〈システム〉と共に十四歳からのやりなおしが始まり、再び王都第一魔法学園に入学して、どうにかこうにか一学期をくぐり抜けた。

そして、夏休み中はひたすらレベル上げに打ち込み、学園の二学期を迎えていた。


学園の二学期は、王国南東にある島国、リヴィアン島への研修旅行で始まる。

リヴィアンは、俺たちの暮らす王国と、南東にあるムルカ帝国を結ぶ航路上の海洋都市国家だ。陸よりも危険な魔物が集まる海で、本来なら立ち行くはずもない小さな島は、海龍リヴァイアサンと契約したことで繁栄を極めていた。

魔物だらけの海で交易用の航路を維持するには、常に発生する魔物を駆除しておく必要があり、膨大な金と労力、命までもを支払わなければ成り立たない。しかし、この大国でも難しい問題を、リヴィアン島はリヴァイアサンの力で解決していた。リヴァイアサンの目の光るリヴィアン島周辺に、凶悪な魔物は決して近づかない。そのため、この辺りを通る商船は皆、リヴィアン島に寄港するルートをとっていた。

海龍の庇護下で栄える島。

そんな恵まれたリヴィアン島周辺の、弱いが数だけは多い魔物の駆除が、学園で研修旅行中に行われる対抗戦の内容だった。シンプルに、何匹倒したかを競うゲームだ。先ほどまでフグ魔物と戦っていたのは、このためだった。

港に到着すると、一人ずつ腕に巻いていたカウンター型魔道具を返却した。これで、各人の討伐数がすぐに分かる。結果発表は、リヴィアン島の高級ホテルの宴会場で行われることになっていた。


会場に入ると、先に来ていたマルク・サルミエントが俺に近づいてきた。

マルクはサルミエント侯爵家の第三子で、前世では仲の良い友人だった。しかし、巻き戻った今世では、俺が教会に所属しない治癒術士となったため、敵対していた。

「おや、セリム公子。どうでしたか？　海での狩りは」

と、夏休みで一段と太ったらしい彼は、ビア樽のような身体を揺すりながら俺にたずねた。彼は、嫌っている俺にニヤニヤ笑いかけてまで、話したいことがあるらしい。

「やれるだけのことはやったよ。マルク卿はどうだった？」

「ふふ。こちらは大成功でしたよ。何せ、今回の対抗戦、我々サルミエント家はラファエラ王女と合同で参加しましたのでね」

マルクは嬉々として自慢げに言った。

ラファエラ王女――俺たちと同学年で、飛び抜けた戦闘能力を持つこの王女を、現国王は早々に王太子としていた。王家自慢の彼女は、同世代で敵なしの強さだと言われていた。

「そうか。王女はマルク卿と合同チームを作ったのだな」

一学期に、俺のベルクマン公爵家派閥とナディアのルヴィエ侯爵家派閥で合同チームを作って王女を負かしたから、王家も有力貴族と組んで強いチームを作ったようだ。

「ラファエラ王女は流石でしたよ。圧倒的な力で魔物を狩られるのを、間近に拝見いたしました」

ドヤ顔で語るマルクは、ただでさえ太ったお腹をさらに突き出していた。

——本当に、嬉しそうだなあ。

前世で親しかったから知っている。侯爵家の跡取りでないマルクは、ラファエラ王女と結婚し、王配となることを目指していた。だから、王女と同じチームになれたことが、とりわけ嬉しいのだろう。

「それは良かった。マルク卿のチームが上手くいくように、応援している」

「——っ。その余裕がいつまで続くか見ものですね」

俺が笑顔で返すと、マルクはそれを嫌味と受け取ったのか、憮然として離れていった。

「時間になりました。それでは、本日行われた一年生限定対抗戦の結果を発表いたします」

しばらくして、会場に生徒全員が集まると、壇上に学園の職員が上がって、対抗戦の結果を発表し始めた。今回は、海の魔物を何体倒したかで勝敗が決まるため、各チームの討伐数が順にアナウンスされる。

下位チームが発表される間、しばらくはガヤガヤと生徒たちのお喋りが続いた。それが、王女チームの番になると、皆、一斉にアナウンスへと意識を向けた。

「ラファエラ王太子チームの結果を発表いたします。まず、個人の結果から。……マルク・サルミエント様、討伐数、三百二十七」

マルクも活躍したようだ。ほとんどの生徒が討伐数五十未満の中、マルクは三百以上の結果を出していた。

だが、王女はそれよりはるかに凄かった。

「ラファエラ王太子、討伐数、六百四」

会場がどよめく。

王女の討伐数は六百以上。ここまで、王女チームの圧勝だった。

「続きまして、セリム・ベルクマン公子チームの結果を発表いたします」

次に、壇上の職員は、俺とナディアの合同チームの結果を告げ始めた。

「セリム・ベルクマン公子、討伐数、ゼロ」

そのアナウンスに、会場は王女の時とは逆の意味で騒然となった。

「ゼロって、何で？　計測の魔道具が壊れていたのか？」

「公子は我々に勝てないと分かって、手を抜かれたのでしょうかねぇ」

遠くでマルクが嫌味を言って、せせら笑っているのが聞こえた。

俺はもちろん、わざと討伐しなかったのだ。魔物を殺すことは、俺の〈求道者レベル〉を下げてしまうから。もし、王女みたいに魔物を六百匹も殺してしまったら、夏休み中に頑張ったレベル上げが全部パーになってしまう。せっかく、レベル60まで上げたのに。

当初、俺は今回の対抗戦にエントリーしないつもりだった。しかし、ナディアが船の操縦と防御に特化して手伝うように頼んできたので、その条件で参加したのだ。

「ナディア・ルヴィエ様、討伐数、五百二十一。パメラ・サティ様、討伐数、四百六十二……」

俺を馬鹿にしていたマルクの顔色は、俺たちチームメンバーの討伐数が発表されるにつれて、悪くなっていった。

トータルでみると、この対抗戦も、ウチのチームの勝利だ。

俺が付与魔法で船を改造して、高速移動しながら魔物の群れに突っ込み続けたからな。大技をぶつけるだけで、どんどん討伐数を稼げた。

「レオ・ベルクマン様、討伐数、千百九十八」

会場に、本日最大のどよめきが起こった。今まで個人トップだった王女の倍近いスコアが出たのだ。

「レオ・ベルクマン？　ベルクマン姓？　誰だよ⁉」

「セリム公子の身内？　そんな方いらしたかしら……」

会場の貴族たちは大混乱だった。

特に、王女派閥の動揺が激しい。

夏休みに、レオは俺の父であるベルクマン公爵と魔物退治の遠征に出かけ、大いに気に入られた。

公爵は、王都の孤児だったレオを養子にする手続きを、すぐに完了させてしまった。一応、お家騒動を警戒する家臣によって、レオの立場は公爵家の継承権を持たない条件付きの養子ということになっている。とはいえ、今後のレオは、貴族社会で公爵の息子として扱われる最上位貴族になったのだ。

「これは……こんなことが起きるなんて」

「平民特待生を管理していた担当者は誰だ⁉　重大な責任問題だぞ」

レオ・ベルクマンの登場に、王女の側近の一部が大慌てしていた。

レオを養子にして公爵家に引き込む手続きに、王家の誰も関心を向けていなかったからな。おかげで、スムーズに済ませることができた。王家の奴らにしたら、大失態だろう。

今後、レオの実力が明らかになるにつれて、責任をとらされる者も出てくるかもしれない。

「レオ・ベルクマン、華々しく登場させたものね。一学期中はずっと隠しておいて。貴方の策謀にはときどき感心してしまうわ」

と、近くにいたナディアが俺に話しかけてきた。

「策謀？　そんなの考えたことないぞ。実力のある者に正しく注目が集まるのは、喜ばしいことだ」

これでやっとレオが正当に評価される。王国が悪魔に対抗するために、未来の勇者レオを有名にしておくという俺の目標は、達成できたな。

◇　◇　◇

島への滞在(たいざい)は一週間。

最初に学園恒例(こうれい)の対抗戦が開催(かいさい)され、その後は自由見学となった。

生徒たちはこの機会に、学術都市でもあるリヴィアンが開催している公開講座を聴(き)きに行ったり、紹介状(しょうかいじょう)を持って有名な学者と面会したりしている。だが、一番手ごろで人気なのは、リヴィアンの図書館に行くことだった。

リヴィアン島には、海龍から得た情報をまとめた、他所(よそ)にはない貴重な魔導書がある。ここで特別な魔法を習得しようと、島に滞在中、図書館から出てこない者も多かった。

俺は、島の中央にある巨大(きょだい)な図書館の地下二階で、リヴィアン島の歴史書を手に取っていた。

生徒たちの多くは上階の魔導書が目当てだから、この階に学園の顔見知りはいない。

だが、俺にとってはリヴィアン島の現状を知ることが、何よりも重要だった。

前世の俺の記憶(きおく)によると、この研修旅行の半年後、リヴィアン島は海に沈(しず)む。島を守護するはずの、リヴァイアサンの力の暴走によって。

王国にとっては、小さな隣国(りんごく)の滅亡(めつぼう)。だが、影響(えいきょう)は大きかった。結果として、王国とムルカ帝国の交易が不可能となるからだ。交易から収入を得ていた王国民の多くが失業し、王都の大商会の一つが潰(つぶ)れる。そのせいで、王国に悪魔の温床(おんしょう)となる多くの不幸な人々が生じることになるのだ。

「いいタイミングで島に来られたんだ。リヴィアンの滅亡を回避したい。でもなあ……」

これは介入しにくい問題だった。

そもそも、リヴィアン自体が独立した都市国家で、俺にとっては外国。そして、そのリヴィアンが滅ぶ原因を作ったのは、南東のムルカ帝国という、王国とは島を通した交易以外にほとんど交流のない国だったのだ。

ムルカ帝国は、リヴィアンが得る中継貿易の多額の利益を狙っていた。そのために、リヴィアン島を自国の直轄にしようとした。

ムルカ帝国は大国。しかし、リヴィアン島にはリヴァイアサンの加護があった。帝国の軍船に向けて、リヴィアンはリヴァイアサンの力を使おうとした。

それが、暴発する。

リヴィアン島は崩壊し、周辺はリヴァイアサンの魔力が吹き荒れる暗黒海域となった。

以降、俺が悪魔に魂を奪われて消滅するまで、王国東の海上交通路が回復することはなかった。

「何かできることはないかと、リヴィアン島の歴史書や政治関係の本を見てはいるけど……」

王国内での俺なら、大貴族として国政に意見することもできなくはない。しかし、国を出てしまえば、ただの十五歳の小僧だ。影響力は無に等しくなる。外国と外国の争いに、俺がやれることなどそうそうなかった。

「参ったな。俺の手に負える問題じゃないぞ」

そもそもベルクマン家の者は武力で魔物を討伐して領民の支持を得ているだけで、政治の得意な家柄ではなかった。俺も……前世では学園で孤立して自暴自棄になっていたような奴だ。国際情勢に介入なんてややこしいことができるわけがなかった。

本来の俺は、魔法が得意というだけでふんぞり返っている公爵家の息子にすぎない。今は人生やりなおしの二周目だから、前世の記憶と〈システム〉がくれた治癒能力で、活躍できることもあったけど……。

「その〈システム〉の〈スキル〉にも、リヴィアン島の問題に使えそうな手札はないんだよなあ」

そう呟きながら、俺は〈システム〉画面を開いた。去年の秋に突然現れた〈求道者システム〉は、善行を積むことで経験値を得て様々な〈スキル〉を獲得する、正体不明の不思議な力だった。

一学期、俺は〈システム〉から〈再生治療〉という強力な治癒能力を得た。だから、さらなる能力の獲得を狙って、夏休みの間、ひたすらレベル上げを続けていた。

その結果――。

《セリム・ベルクマン　男　15歳
求道者レベル：60　次のレベルまでの経験値：4220／6100
MP：5901／8391　治癒スキル熟練：5216　聖属性スキル熟練：0》

《スキル
治癒系

簡易治療：小さな切り傷やすり傷を治す
体力支援：闘病中の相手に体力の支援をする
免疫操作：免疫で抵抗可能な病気を治す
並行操作：免疫操作を7名まで同時にかける
再生治療：あらゆる身体の損傷を治す

聖属性系
神眼：聖属性と闇属性を知覚する
聖鎖結界：闇に近しい敵を捕縛し、継続ダメージを与える
その他
森林浴：植物から余剰の生命エネルギーを受け取り、空腹を満たす
海水浴：海から余剰の生命エネルギーを受け取り、空腹を満たす》

新たに得た〈スキル〉は三つ。

レベル50と60で得られたのは〈神眼〉と〈聖鎖結界〉という二つの〈聖属性スキル〉だった。闇に近しい敵と戦うための〈スキル〉のようだから、もしサティ伯爵と戦ったときにこれらの〈スキル〉を持っていたら、もっと有利に進められただろうな。

だが、今までのところ〈神眼スキル〉を使ってみても、闇に関わるものは発見できていなかった。

何となく、〈神眼スキル〉の射程距離は短いんじゃないかと感じている。〈スキル〉は〈システム〉

任せで俺からの改造が一切（いっさい）できないので、俺が〈スキル〉に合わせるしかなかった。

それと、レベルを50に上げる〈クエスト〉の報酬（ほうしゅう）で、〈海水浴スキル〉というのも得ていた。

《海水浴：海から余剰の生命エネルギーを受け取り、空腹を満たす》

これが一番意味不明な〈スキル〉だった。

以前に〈森林浴〉という〈スキル〉も得ていたが、使える場面が思い付かない。これを使えば俺はどんな海で遭難（そうなん）しようと生き残れるだろうけど、そんな極限的な状況（じょうきょう）を想定した〈スキル〉に何の意味があるのだろう。

相変わらず、〈システム〉にはヘンテコな部分が多かった。

「レベル上げだけに集中しすぎてしまったかなあ……」

これから起こる悪魔との戦いに備えるには、ただ俺のレベルを上げるだけでは足りないことに、今更（いまさら）のように気づいてしまった。

「一人で行動するには限界があるよな。協力者が欲（ほ）しい。できれば、交渉力（こうしょうりょく）のある頭の良い人物」

前世や〈システム〉という突拍子（とっぴょうし）もないものを共有して、相談に乗ってくれる人が必要だ。

「……難しいな」

俺は眉間（みけん）にできた皺（しわ）を指先でグリグリとほぐした。

「俺、友だち作るの下手だし」

自分で言って、自分の精神にダメージを食らう。

俺は行き詰まっていた。

「何を独りでブツブツと呟いているの？　図書館ではお静かにですわ」

ふいに、背後から背中をポンと叩かれた。

振り返ると、ルヴィエ侯爵令嬢のナディアが立っていた。

「ナディア、何でこんなところに……。この辺りに、俺たちの役に立ちそうな本はないぞ？　魔導書は上の階だ」

「あら、そう言いながら、貴方はずっとこの階で調べ物をしているじゃない？　しかも、とても深刻そうな顔で」

ナディアが俺の顔を覗き込む。聡明そうな翠色の瞳に、俺が映っていた。

ルヴィエ侯爵令嬢のナディアは、前世で最後まで悪魔と戦った優秀な人物だった。もし、ループしているのが俺ではなくナディアだったら、リヴィアン島の問題にも、何か解決策を思い付いたのだろうか。

——相談してみるか？

俺が今必要としている、交渉力のある頭の良い人物という条件にナディアなら当てはまっている。

——でも、どうやって説明しよう。

一学期に合同チームを組んで仲良くなったとはいえ、交流してまだ数カ月の間柄だ。俺の突拍子もない前世の話に、付き合ってくれるだろうか？

などと俺が考えを巡らせていると、ナディアは唐突に、

「え？」

と、小さな声をあげた。

「どうした？」

たずねてみるも、返事がない。彼女は黙ったまま中空を見つめ、時々、頷くような仕草をしている。

どうしちゃったんだろう。不気味だな。

困惑しつつ、しばらくナディアの様子を見守っていると、再び、彼女の瞳の焦点が俺に合った。

「突然、ごめんなさい。今、知らない人？　に話しかけられて、私に来てくれって。行き方は、貴方なら分かると言うのだけど」

「何？」

いきなり何を言い出すんだ？　隣にいる俺には、話し声なんて聞こえなかったぞ。

「貴方になら、見える。そういう能力があるって」

能力？　もしかして、〈スキル〉のことか？

レベル50で得た〈神眼スキル〉は、通常は見えないはずの聖属性と闇属性の魔力を見えるようにする能力だ。そのことを言っているのだろうか。

試しに、〈神眼〉を使ってみる。

視界は普段と変わらない。

いくつもの本棚が整然と並ぶ館内で、数名の学者風の人たちが静かに本を手に取り、動いているだけだ。

いや、待てよ——。

壁際の本棚の間に空いた少し薄暗いスペースに、今まで見えていなかった扉のようなものが光っていた。

「これは……」

魔法で作られた扉。その中で、聖属性の魔力と、打ち消し合うはずの闇属性魔力が混ざり合っていた。

初めて感じる聖属性の魔力が、闇と混ざった特殊なものだとはな。

希少属性二つの力で作られた扉と、奥に続く広い空間。それはあまりに高度な魔法で組み立てられていて、人間の作ったものでないことだけは明らかだった。

「確かに、俺にだけ見えるものがあった。人の手によるものとは思えない代物だ。声の主は、何と名乗っているんだ?」

「ちょっと待ってね。——来れば分かるって、言ってるわ」

ナディアにだけ語りかける怪しい者は、名乗りもしないようだった。

「そうか。……まあ、だいたい誰か予想はつくけどな」

この島にいる、人間ではない超常の存在——海龍リヴァイアサンなら、こんな風に聖属性と闇属性の魔法を同時に使いこなすこともできるのかもしれない。

古くからの伝承でのリヴァイアサンは、人を襲い船を沈める邪悪な怪物だ。しかし、ここリヴァイアン島では、守護神として祀られていた。そして、もうすぐ、この島を壊滅させる――。

会ってみないと、どういう奴か見当もつかないな。

でも、たぶん、この扉の先にいる。

俺はナディアを連れて、魔法の扉をくぐった。

中には、聖属性の光で一本の道ができていた。

「真っ暗だわ」

ナディアには何も見えないようだった。彼女が転ばないように腕を組んで、ゆっくりと歩いた。


それから、どれくらい進んだだろうか。

途中で空間のゆがみを何度か感じたので、今どこにいるのか把握できなくなった。

「謎の声を信じてここまで来たけど、ここに閉じ込められたら、私たち、死んでしまうわね」

ナディアが不安を口にした。しかし、追い詰められた様子はなく、落ち着いている。

ここまでして俺たちを呼び寄せた者が、単純に俺たちの命を狙っているとは思えなかった。

それからまたしばらく歩くと、ようやく出口らしい扉が現れた。

扉から外に出る。

そこは明るく広いホールだった。

「眩しい」

暗闇から急に光のある場所に出て、ナディアが目を覆った。

ホールはドーム型の天井にいくつもの重厚な柱が並び、その柱と四方の壁は皆、宝石のような白い大理石で造られていた。その全てに繊細な幾何学模様の装飾がほどこされ、壁にも天井にもたくさんの発光する魔道具が取り付けられている。

何となく宗教施設を思わせる空間だが、ご神体になりそうな彫像も絵画も置かれていなかった。

その代わり――。

「きれい……」

目の前の存在にナディアが見惚れる。

ホールの中央、最も光の集まる場所に、一体の龍がいた。

神々しい姿だ。

真っ白な身体で、鱗やたてがみが虹色に光っている。大きさは、四頭立ての馬車くらいだろうか。

リヴァイアサンだとすると、意外と小さい。

龍が俺たちの方を向いた。

ナディアは龍と見つめ合い、ときどき、ブツブツと何かを呟く。

しばらくして、彼女はハッと気づいたように俺を見た。

「もしかして、何も聞こえていないの？」

「ああ」

「ちょっと、彼にも聞こえるように話してくださる？　ここまで連れてきて、仲間外れはマナー違反ですわよ」

ナディアが龍を叱りつけた。それに応えるかのように、

「……なんじゃい。その男は面白味がなくて好みではないぞ」

と、急に俺の耳に老人の声が聞こえだした。

これが、海龍リヴァイアサンの声だろうか。初っ端から侮辱されてるんだが……。

「でも、私では貴方の問題を解決できませんわ。彼の力が必要なのでしょう？」

「それはそうじゃが……。全く、どこの神かは知らないが、協力者にするならもう少しマシな者を選べばいいのに」

神？　協力者？　……初耳なんだが。

「もしかして、俺の〈システム〉の秘密を知っているのか？」

俺がたずねると、龍は聖属性に輝く身体に埋め込まれた真っ黒い闇の瞳で俺を見た。

「会ったことのない神の意図など知るか。だが、本来なら聖属性などと縁のないお前に、無理やり力を組み込んだ存在は感じられるぞ。その力が必要じゃ。借りている〈眼〉で儂を視てみろ」

言われた通りに〈神眼〉でリヴァイアサンを視る。

リヴァイアサンは力の渦だった。聖属性も、闇属性も、人間が使える四大属性も、属性に括られない生命エネルギーまで、あらゆる力の塊が龍になっていた。

「……すごい」

俺は思わず呟くが、目の前の龍はつまらなそうに、

「こんなもの、大したことはない。何せ、儂は厳密にはリヴァイアサンではないからの」

と、言った。

「何？」

「儂は、リヴァイアサンの死骸だ」

「んんっ⁉」

人知を超えた龍の言葉に、俺は面食らった。

この龍、ドラゴンゾンビなのか？　それにしては、神々しい力を持っているようだが……。

「人間の死体でも、動かなくなって数日は髪や爪が伸びることがあるじゃろう。儂はそれと同じ状態で、ゆっくりとエネルギーを海に還しているところだ。生きたリヴァイアサンなら、人間を守護するような穏やかな生き物ではない。ただ、儂は死体だから、あまり動き回れない。独りで眠っているのにも退屈してきた頃、この島に探検船がやって来たんじゃ……」

リヴァイアサンが言うには、彼は死体の状態になっても、数百年は存在し続けるらしい。その間、暇を持て余しているところに、人間がやってきた。人間は学者で、話してみると面白かったそうだ。

「儂は会話という娯楽を知った」

話好きのリヴァイアサンの死体。彼はそういう存在らしい。

リヴァイアサンに気に入られた学者たちは、この島に街を作った。それが、都市国家リヴィアンのはじまりだった。

「儂はお喋りが好きじゃが、好みがうるさい。そこの娘は好みじゃが、お主は違うというようにな。

いつしか島に集まって来た人間たちは、儂の好みの人間を、巫女と呼ぶようになった」

巫女……女限定か。この龍……。

「巫女は儂から多くの知識を授かり、巫女を出した家は権力を持つようになった。そうすると、人間、欲が出るものじゃろう」

「不正する者が出たか」

「その通り。儂の周辺に、闇の気配が見えるか？」

言われて、〈神眼〉で龍の周囲を観察する。

リヴァイアサンの周囲の床に、俺の知らない魔法文字がいくつか書かれていて、そこから黒い闇の魔力が煙のように立ち昇っていた。おそらく呪いの一種だ。

「それで、儂の好みじゃない一人の娘だけが、巫女に選ばれたように見せかけおった」

「海龍様のお力なら、人間の作った小細工くらい破壊できるのではありませんの？」

不思議そうにナディアが言うと、リヴァイアサンは首を横に振った。

「その闇の魔術を作ったのは人間ではない。悪しき存在が、欲深い人間を唆したんじゃ」

人間を唆し誘惑する存在――まさか、悪魔が暗躍して、リヴァイアサンを闇魔術で呪っていたのか⁉

「儂が力を出せば、その細工を除くことはできる。だが、儂は死骸。力の制御が甘く、力を出せば島を壊してしまう。ここまで守護して育てた島を潰したくはない。じゃが、その闇の魔術はどうも儂の力を乱す効果があったらしい。今の儂は、少しでも動けば力を暴発させる、危険な状態じゃ」

そういうことか！　それで、半年後、リヴァイアサンの力の暴走で島が崩壊するのか。

「不本意じゃが、儂の好みでない男よ、お主の力が必要じゃ」

「闇魔術の細工を壊せばいいか？」

「ああ。まずは、それじゃ」

俺は、闇の魔力を放つ細工の一つに近づいた。

この世には六つの属性魔力がある。

人間が使えるのは火氷風土の四大属性。

それより強いのが、一部の魔物や悪魔が使う闇属性。

だが、闇属性は聖属性に対しては非常に弱かった。

今の俺は〈聖属性スキル〉を二つ使える。レベル50で覚えた〈神眼〉と、レベル60で最近覚えた〈聖鎖結界〉だ。

《聖鎖結界：闇に近しい敵を捕縛し、継続ダメージを与える》

〈聖鎖結界〉で闇の魔力を囲んでみる。すると、魔力で作られた鎖が闇の呪いの魔法文字に絡みつき、じわじわと呪いが弱まっていく感じがした。

「これで何とかなりそうか？」

俺は龍を囲む全ての呪いを同じように〈聖鎖結界〉で封じ込めた。

「うむ。そのまましばらく結界を維持すれば、呪いは消滅するじゃろう」

「そうか」

〈システム〉の〈聖属性スキル〉、一応は使い物になるみたいだな。ゆっくりと闇の呪いを削っていってる。でも、どのくらい強いものなんだろう？　闇属性も聖属性も滅多に見ない属性だから、基準が分からないな。

「次は、儂の方へ来てくれ」

そう言われて、俺はリヴァイアサンに近づいた。

「儂の乱れた力を整え直したい。そのために、外部からのエネルギーが必要じゃ。受け渡してくれ」

「エネルギー？　魔力のことか？」

「違う。生命エネルギーじゃ」

「……俺を殺す気か？」

龍に生命エネルギーを吸い取られたら、人間は生きていられないぞ。

「お主、自然から生命エネルギーを分け与えられる術を持っておるじゃろう」

「〈海水浴スキル〉か！」

まさかの無駄スキルが、ここで生きてくるとは。

《海水浴：海から余剰の生命エネルギーを受け取り、空腹を満たす》

リヴァイアン島は海に浮かぶ小さな島だ。周囲から海のエネルギーを取り放題だった。

「海のエネルギーは受け取れるが、渡す手段はどうする？」

「それは儂がやる。儂の身体の一部に触れながら、エネルギーを集めてみてくれ」

俺は言われた通り、右手で龍の背に触れながら、〈海水浴スキル〉を使った。

海からのエネルギーが、俺を伝ってリヴァイアサンに流れこむ。〈神眼〉で見ると、ぐちゃぐちゃだったリヴァイアサンのエネルギーが、少しずつ整えられていた。

「うまくいったな。三日もあれば、安定状態にできるじゃろう」

「三日？　まさか泊まり込みですの？」

驚いてナディアが言う。

「そうか。人間は毎日睡眠が要るのか。それなら五日くらいかのう」

「……研修旅行の日程、私たちがリヴァイアン島から帰るのも五日後の予定だったわね」

「研修旅行中ずっと、ここで働かされるってことか」

俺はやれやれと肩をすくめた。

面倒だし、態度の悪い龍に協力するのも微妙な気分だ。だが、この龍がしっかりしていないと、人間の国が大惨事になる。

「ハァ。変な龍を手助けするのも、善行になるんだろうか？」

「龍に人間の善も悪もあるか。そんなことを考えているから、お主はつまらん人間なのじゃ」

リヴァイアサンは人に協力させておいて、この物言いである。でも、仮に犬とか猫とかが喋りだしたとしても、こんな感じなのかもしれない。人外に人間のマナーを求めても仕方がない。そう思うと、腹も立たなくなった。

ずっと立っているのも大変なので、俺は龍の横に胡坐(あぐら)をかいて座(すわ)った。となりにナディアも座る。

「明日は、クッションを持ってきましょう」

制服のスカートの裾(すそ)を整えながらナディアが言った。

「そうじゃ。娘よ、お主も必ず毎日来るのじゃぞ。儂の話し相手はお主なのじゃからな」

「分かりましたわ。では、今からお喋りします？　何から話しましょうか」

「そうじゃなあ、まずは、定番の自己紹介(しょうかい)からじゃろう……」

龍とナディアは、俺に作業させる横でお喋りを始めた。

最初、ノイズになるかと思った二人の会話は、聞いてみると予想外に面白かった。ナディアは話し上手だし、リヴァイアサンの知識は貴重なもので、俺は思いがけず得した気分になるのだった。

◇　◇　◇

翌早朝。

宿泊(しゅくはく)するホテルを出て図書館の地下へ向かうと、昨日の扉の前ですでにナディアが待っていた。

彼女の横には、大きな箱が三つほど積み上げられている。

「何、この荷物……」

「丸一日リヴァイアサンの神殿(しんでん)から動けないのよ。色々持っていかないと困るでしょ」

当然のようにナディアは言った。

箱の中には、昨日言っていたクッションの他に、ひざ掛けや軽食、折り畳(たた)みの小さなテーブルまであった。

「これ、誰が運ぶんだ？」

たずねると、ナディアは無言で俺を指さした。

「………」

「リヴァイアサンのところに行くことは、秘密にしなきゃいけないでしょ。私たちで運ぶしかないじゃない」

「ナディアも持つのか？」

「無理。道中は真っ暗で危ないもの」

「……分かった」

三つの箱を持ち上げると、俺の前方の視界は荷物でふさがれた。その状態で〈神眼〉を使い、真っ暗な道を進む。暗闇で何も見えないナディアは、俺の制服の上着の裾をちょんと掴(つか)んでついてきていた。

――以前、側近たちが女子の相手は大変だとぼやいているのを耳にしたことがあったけど、なるほどなあ。

二周目の人生は、前世では考えられないことが次々に起こるのだった。

リヴァイアサンの神殿に着くと、ナディアはシートの上にクッションを置き、小さなテーブルにティーセットと焼き菓子（がし）を並べた。

「ふむ。こういうのをたしか人間の間ではピクニックと言うのじゃったな」

「ちょっと違いますわ。ピクニックは屋外に出て景色を楽しむものですのよ」

「そうか。それなら今日は儂が精霊海月姫（せいれいくらげひめ）の海の中でピクニックをしたときのことから話そうかの……」

俺はチョコチップクッキーをつまみながら二人の話を聞く。

その日、ナディアと龍はずっと機嫌よくお喋りをしていた。

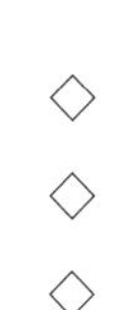

リヴァイアサンに協力し始めて四日。

ナディアと龍は語ることが尽きないというように、飽（あ）かずお喋りを楽しんでいた。

俺は〈海水浴〉を使いっぱなしだったが、この〈スキル〉はMPを消費せず負担のかからないものだったので、実質、菓子をつまみながら話を聞いているだけでよかった。

結果として、特に苦労することもなく、リヴィアン島の問題は解決に向かっていた。

だが、闇の呪いを仕掛けた黒幕は、まだこの島に潜（ひそ）んだままだったのだ。

俺たちのいるホールには、リヴァイアサンが作った魔法の隠し通路の他に、人間の作った出入り口が一つあった。その奥から、ふいに複数の足音が聞こえてきた。

誰かがこちらへ向かってくる気配。ここで俺たち以外の人間に会うのは初めてだ。

ハッとしてナディアと龍を見る。ナディアも足音には気づいたようで、無言で俺に頷いた。リヴァイアサンは嫌そうな表情。これから来る奴らは味方じゃないらしい。

「隠れよう」

俺とナディアは龍の作った通路に隠れた。

通路から中の様子をうかがう。一人の娘を先頭に、十数名の大人たちが、龍の前に進み出た。

「神龍様、今日こそは、何かお話をしていただけないでしょうか」

神龍――豪勢な神殿まで作って、この島の者にとってリヴァイアサンは本当に神様なんだな。

話をしたがっているということは、あの娘が不正をした巫女だろうか。

「ふん。お前らのようなつまらない者と、話すことなどないわ。ばーか、ばーか」

「偉大なる神龍様、どうか、我々をお導きください」

会話がかみ合っていない。リヴァイアサンの声は、彼が認めた者にしか聞こえないのだったな。

「リヴァイアサンも、あの中の誰かに声を聞かせて、意志を伝えたらいいんじゃないかしら」

「そうだよな。あの者たちがよっぽど嫌いなんだろうか」

俺は、〈神眼〉で偽巫女たちを視てみた。

「あっ……」

魔力が全身真っ黒な奴がいる！

他の奴も多かれ少なかれ、黒い闇の霧にまとわりつかれていた。

――なるほど、これじゃリヴァイアサンに嫌われるわけだ。

全身黒くなっている奴は、魔人で確定だろうな。他の奴らは……まだ人間だけど闇に近くなっている、闇のシンパって感じだろうか。皆、表情が悪く、いかにも悪役という雰囲気だった。

「どうしよう。あいつらは闇の影響を受けすぎている。ここで対処しないとまた問題を起こすかもしれない」

リヴィアン島での俺たちは、島に数日滞在するだけの研修旅行生にすぎない。見つけた魔人に今対処しておかないと、次にまた奴らに近づけるとは限らなかった。

「なら、やっちゃえば？」

ナディアがケロリとした顔で、唆すように俺に言った。

「え？」

「あいつらがリヴァイアサンを困らせていた元凶なんでしょ。大丈夫よ、私たちでやっつけてしまいましょ」

「えーと、もう少し用心深く行動したほうが……」

敵の身なりはどう見てもこの国の要人だ。外国人研修旅行生が現地の要人を襲撃って……でも、好機を逃せばその間に状況が悪化するかもしれない。――ああ、もうっ！　やってやる！　やらないで不幸になる人たちがいるのを前世で見てきたんだ。躊躇してどうする！

俺は意を決して隠し通路から飛び出した。

「〈聖鎖結界〉」

敵全体に向けて〈スキル〉を放つ。瞬時に俺の魔力が消費され、〈システム〉が魔法を展開した。

「ぐわぁぁぁぁぁっ！」

それは目に見えるいくつもの鎖となって敵一人一人に絡みつき、動きを封じてしまった。拘束された人々は必死に抵抗するが、〈聖鎖結界〉はびくともしない。

すごいな。全自動スキルは融通がきかなくて不便だとばかり思っていたけど、戦闘に使える能力でこの発動の速さは強みになる。

その上、効果も抜群だ。

聖属性が闇への特効というのは本当のようだ。昔絵本で読んだ伝説に、数百体の魔人を一瞬で祓う聖女の話があったけど、それも作り話じゃなかったのかもしれない。

――これなら戦える。

以前に魔人化したサティ伯爵と戦った時とは大違いの状況だった。〈聖鎖結界〉は、伯爵と同格の魔人を簡単に拘束してしまった。他にも、闇の力の影響を受けた人間の動きも完全に封じている。

〈聖鎖結界〉は、悪魔と戦う上で最強の〈スキル〉だった。しかも、治癒系〈スキル〉と違って、MPの消費も低いようだ。

ただし、〈聖属性スキル〉では、闇と関係のない普通の生物を害することはできなかった。

「ぐっ……なんだ？」

「長官！　巫女様！　大丈夫ですか⁉」

「第一魔法学園の制服？　王国の学生が、何でこんなところに」

俺の〈聖鎖結界〉で、闇魔力の濃（こ）い半数の敵は無力化できた。だが、闇の影響の少ない残りの人々の動きは止められなかった。

普通に戦っていたら、闇の濃い奴の方が圧倒的に強かったはずだけどな。

力のバランスは、ジャンケンみたいなものだ。聖属性は闇属性に強く、闇は普通の生物（四大属性、生命エネルギー）に強い。普通の生物は聖属性の攻撃でダメージを受けない。

こうなると、普通の人間への対処の方が難しかった。

「曲者（くせもの）だ！　誰か――」

「衛兵と魔術師を連れて来い！」

動ける者たちは突然出てきた俺を警戒し、叫（さけ）び声をあげた。

まずいことに神殿の扉の外にも控（ひか）えている者がいたようで、そいつらが駆け出して救援（きゅうえん）を呼びに行ってしまった。

「もしや、神龍様がお告げを下さらなかったのは、この者たちが原因だったのか？」

「いや、でも、王国の学生がなぜ……」

動ける人々は疑いの目で俺を見て、勝手な推測を始めていた。

――参ったな。〈システム〉の仕様上、人間とは極力戦いたくないんだが……。

明らかに非戦闘員の弱そうな奴が交ざっているのが、かえって厄介（やっかい）だった。〈聖鎖結界〉の効かなかった彼らはそんなに悪人ではないのだ。乱戦になってむやみに傷つけるようなことはしたくなかった。

だが、そうこうしているうちに、先ほど走っていった者たちが、何人もの兵士を連れて戻ってきてしまった。

「狼藉者を捕らえよ！」

「〈聖鎖結界〉」

「ぐあぁっ……！」

兵士の中にも何人か〈聖鎖結界〉が効く者がいたが、他は止められなかった。仕方がないので、俺は他の者たちを通常の結界の中に閉じ込めた。

「くっ……。結界を破れ！　何でもいいから魔法を撃ちこむんだ！」

リヴィアンの魔術師が、俺の結界を魔法で攻撃してくる。

耐えられるが、相手の人数が多い。こちらから殺す気で攻撃するなら勝ち目もあるが、手加減して時間をかければ、俺のＭＰが尽きてしまうだろう。

「困ったぞ。戦力が足りない」

〈聖属性スキル〉を得たことで魔人相手には強くなったけど、こうなると普通の人間と戦う方が厄介だ。一度仕切りなおして、リヴァイアサンの隠し通路に逃げ込むかな。

「あら、どうして困っているの？　戦力なら、こちらが圧倒的じゃないの」

頭を抱える俺の前に、隠れるのをやめたナディアが出てきた。

「何せこちらには、リヴァイアサンとその巫女がいるのですわよ！」

大勢の敵を前に、彼女は堂々と声を張り上げた。

「静まりなさい。皆、攻撃を止めるのです！」

ナディアはリヴァイアサンのとなりに立った。リヴァイアサンが彼女の右手に口付けると、その手にクリスタルの剣が現れる。

剣はリヴァイアサンと同じ、あらゆる属性の魔力を帯びて虹色に輝いていた。

「私こそがリヴァイアサンの正当な巫女。神龍を信じる者なら、偽り(いつわ)の巫女に従い龍を害するのを止め(や)、武器を下ろしなさい！」

神々しい光とよく通るナディアの言葉に、リヴィアンの兵士たちは一斉にひれ伏(ふ)した。

従わないのは、俺の〈聖鎖結界〉で拘束されている奴らだけ。彼らは俺たちをずっと睨(にら)みつけていたが、抵抗することはできなかった。

「娘よ、中央の男、あれだけは今すぐ殺しておけ」

リヴァイアサンが魔人を指して言うと、ナディアはクリスタルの剣で魔人を切り捨てた。その威(い)力(りょく)はすさまじく、魔人は一撃で消滅した。

「長官！」

「どうして？　死体も残らないなんて」

一番闇の濃かった奴がリヴィアンで長官と呼ばれていたのか。かなりヤバいところに悪魔が浸食(しんしょく)していたんだな。魔人として消滅したということは、彼の魂は悪魔の手に……。

俺は魂だけとなって悪魔にエネルギーを搾り取られた前世の年月を思い出して目を伏せた。

「お父様！　貴様、よくも私の父をっ」

偽巫女の少女が甲高い声で叫んだ。

彼女も大量の闇をまとっていたが、ギリギリでまだ人間だったようだ。

「……人でいられた幸運に、感謝するんだな」

俺の小さな呟きは、衝撃で言葉を失った人々の耳に、予想外に大きく響いてしまった。集まる視線に仕方なく俺は、

「黒い霧になって消えたのは、闇の魔力に侵された証だ。その長官とやらが暗躍して、リヴァイアサンに呪いをかけていたんだ」

と、皆に説明してやった。リヴィアンの人々は目を丸くしていたが、もうそれ以上の疑いや反発は起きなかった。

「偽りの巫女が選ばれる前、他の巫女候補だった者たちを集めてください。リヴァイアサンが、正しい巫女を選びなおすそうです」

ナディアの言葉を受けて、リヴィアンの兵士は、偽巫女たちを連行して部屋を出ていった。

その後、島の重役らしい偉そうな大人が、入れ代わり立ち代わり神殿に入ってきた。彼らにはナディアが応対して、状況を説明した。

俺はその傍で黙々と、リヴァイアサンに生命エネルギーを受け渡していた。彼の力の調整が完了

するまで、後一日かかるらしいが、もうだいぶ調子が良くなっていた。龍はナディアと話す大人たちを見て、時々ぼやくように口をはさんでいた。


翌日。

リヴァイアサンの力の調整が完了した。

「これで、少なくとも百年は、あの魔人のような者が現れても独りで対処可能じゃ」

「もうすぐムルカ帝国の人間がこっちに攻めてくるかもしれない。気を付けてくれ」

俺はさらっと、未来の出来事を龍に教えてやった。

「人間ごときに、儂が負けるわけがない。どんな軍船が来ても、ひっくり返して終わりじゃ」

調子の良くなった龍の死骸は、自信満々だった。

「現地の巫女の選定もできたわ。名残惜しいですけど、私がいなくても、話し相手には困りませんわね」

ナディアが言うと、龍は彼女の方に首を向けた。

昨日の戦いで使ったクリスタルの剣が、再びナディアの前に現れた。

「協力の礼じゃ、持っていけ。お主の技量に合わせて、あらゆる属性で攻撃可能な剣に育つじゃろう」

ナディアが剣を持つと、昨日ほどの輝きはないが、四大属性の光が煌めいた。

「お主なら、横の坊主と違って、鍛えれば独力で聖属性まで出せるようになるはずじゃ」

リヴァイアサンは満足げに頷いている。

俺が聖属性を使えるのは、〈システム〉からの借り物ってことか。詳しいことは、製作者に会わないと分からないようだけど。

いつかは、会えるのだろうか。

「あら、リヴァイアサン。問題を解決したのは、私ではなく彼ですわよ。お礼なら、セリムにあげるべきだと思いますわ」

ナディアが申し立てると、リヴァイアサンは嫌そうに顔をそらした。

「そ奴は、儂が力を調整するのを、五日も傍で感受しておった。アホでなければ、勝手に何か覚えているじゃろう」

「いや、使ったのは借り物の〈スキル〉だ。俺が調整できるものでは……」

「あれだけ見せてやったのに、何も学ばん奴など知らん！」

龍に叱られてしまった。一応、〈システム〉画面を確認してみる。

《海龍のエネルギー統御の片鱗を掴みました。スキルの一部が変化します》

《森林浴：植物から余剰の生命エネルギーを受け取り、空腹を満たす。僅かだがＭＰも回復する》

《海水浴：海から余剰の生命エネルギーを受け取り、空腹を満たす。僅かだがＭＰも回復する》

〈森林浴〉と〈海水浴〉に、ＭＰ回復効果がついた！

これは大きいぞ。今までMP消費の激しい〈治癒スキル〉のせいで、何度も魔力を枯渇させられてきたからな。多少でもMPの回復ができるようになれば、思い切って動ける場面も増えるはずだ。俺も得るものがあった。感謝するぞ、龍よ」

「ふん。死体の龍より長生きできない人間よ、元気でな」

「ええ。リヴァイアサンも、これからもお喋りを楽しんでくださいね」

ナディアが手を振って、俺たちは龍と別れた。


《闇に侵された海龍を救いました。経験値が上がります。経験値が10000加算されました》

「巫女様なんて呼ばれて神聖な存在のように扱われるの、ちょっと面白かったわ。リヴァイアサンにはたくさん貴重な話をしてもらったし、問題を解決するためによく働いたのは貴方だし、何だか私ばっかり得してない？」

帰りの船の上、青い空と海しか見えなくなったデッキで、ナディアは風になびく髪をおさえた。

「ナディアがいなければ、リヴァイアサンは俺に声を掛けなかったかもしれない。そうすると、すごく大変な事件が起きていたかもしれないんだ。お蔭で助かったよ、ありがとう」

今世では起こらなかったリヴィアン島の悲劇を思い、俺は、何も知らぬまま多くの人々を救ったナディアに礼を言った。

「リヴァイアサンの女好きには困ったものよね。日頃の行いからして私より貴方の方がはるかに聖人らしいのに、男だってだけで嫌がるんだもの」

「そうでもないさ。上辺でちょっと善行してるからって、中身まで善人とは限らないだろ」

「あら、そうなの？　なら、二学期もまだ始まったばかりだし、今学期中に、私があなたの偽善者（ぎぜんしゃ）の仮面を剥（は）いであげようかしら」

ナディアは俺に顔を近づけると、いたずらっ子っぽく口角を上げて笑った。

◇　◇　◇

《セリム・ベルクマン　男　15歳
求道者レベル：62　次のレベルまでの経験値：2420／6300
MP：7091／8391　治癒スキル熟練：5216　聖属性スキル熟練：308》
《スキル
治癒系
　簡易治療：小さな切り傷やすり傷を治す
　体力支援：闘病中の相手に体力の支援をする
　免疫操作：免疫で抵抗可能な病気を治す
　並行操作：免疫操作を7名まで同時にかける

再生治療：あらゆる身体の損傷を治す

聖属性系

神眼：聖属性と闇属性を知覚する

聖鎖結界：闇に近しい敵を捕縛し、継続ダメージを与える

その他

森林浴：植物から余剰の生命エネルギーを受け取り、空腹を満たす。僅かだがＭＰも回復する

海水浴：海から余剰の生命エネルギーを受け取り、空腹を満たす。僅かだがＭＰも回復する》

ナディア

研修旅行から戻り、一カ月が経った。

昼休み。

俺は側近たちと学園の長い廊下を歩いていた。

「はあ～。もうすぐ筆記試験か。二学期の最初は南の島に旅行とか楽しいイベントで始まったけど、最近は勉強ばっかり。頭痛ぇ」

ギルベルトがぼやく。その大きな声は、しかし、ガヤガヤした生徒たちの喧騒の中にすぐに溶け込んでしまった。

「そんなに気落ちしなくても。試験が済めば、王都のお祭りでしょう？　それに、二学期後半にはあなたの好きな魔物狩りの実習もありますよ」

と、ヴァレリーがギルベルトを励ました。

「そうだな。王都の祭り、楽しみじゃないか？」

俺もヴァレリーの話に乗って、王都の祭りに話題を向けた。

秋の王都には、毎年恒例の大きな祭りがある。俺は前世で体験済みだが、なかなか豪勢で派手なイベントだった。

祭りは五日ほど続き、街にはたくさんの屋台や大道芸人が集まって、歩いているだけでも楽しめる。今世は前世よりも人間関係が良好だから、ぜひとも気兼ねなく祭りを満喫したいところである。

「祭りか～。そりゃあ、楽しみですけど。俺、中途半端に貴族だから、祭り中の社交パーティーの招待状、大量にもらっちゃったんですよね。貴族の夜会なんてどれだけ豪華でも、俺にとっては義務で仕事なんですよぉ」

と、ギルベルトはさらにぼやいた。彼はベルソン子爵家の長男で、爵位持ちの家の子だから、祭り期間中は俺と一緒に、貴族の社交に時間を割かなければならなかった。

「そう言うな。全日夜会に出る必要はないし、時間を作って街の屋台も回ってみよう」

「おぉ、いいですね。堅苦しいパーティーより庶民のお祭りの方が断然――」

「セリム公子、少しお話、よろしいでしょうか？」

会話の途中で、背後から女子生徒の声に呼び止められた。

立ち止まって振り返る。

声の主は、年齢より大人びて見える神経質そうな痩せ型の女子生徒だった。

ジェルソミナ・ドゥランテ宮中伯令嬢だ。

ジェルソミナはラファエラ王女の側近で、その権力を利用して、裏では問題のある人物だった。一学期には身分の低い女子生徒に酷い苛めをしていて、そのせいで俺も苦労させられた。だが、一方で、以前からベルクマン家は王家とのパイプ役をドゥランテ宮中伯家に頼んでいた。だから、表面上、彼女は俺に対しては愛想が良かった。

しかし、現在の俺はルヴィエ侯爵家のナディアたちと仲良くなっていて、王女とは疎遠である。

そんな状況でジェルソミナに声を掛けられて、俺はちょっと身構えた。

「ジェルソミナ嬢、どうされました？」

「招待状はすでにお送りしておりますが、王家の主催で、学園の生徒を呼んだパーティーが開かれることになりましたの。ご存じでしょうか？」

「もちろん、知っていますよ。秋の祝祭の中日でしたね」

ジェルソミナの話は、意外にも、さっきまで俺たちが話していた秋の祭りに関してだった。

ジェルソミナが言っているのは、王家が主催する、第一魔法学園の生徒を集めた夜会のことだ。今年は学園に王女が通っているので、特別に、祭り三日目の夜に生徒全員が王宮へ招待されることになっていた。

「そのパーティーですけど、学園の皆様に社交界のあり方を経験していただくため、ダンスパーティー形式になっておりますの。それでね――」

ジェルソミナが後ろをチラリと振り返る。なぜか、そこには女子生徒たちが列を作っていた。

「パーティーで、セリム公子と踊りたいという女子が、王家の関係者だけでこれだけいますの！　できるだけ多くの娘と踊っていただきたいのですが、もう、私では収拾がつけられなくて……」

あれ？　何か難しい話でもされるのかと思っていたけど……そうか、ドゥランテ宮中伯が俺と王家のパイプ役っていうのは、皆が知っていることだった。だから、彼女のところに、俺のダンスパートナーになりたいという依頼が殺到したのか。

「どうやら迷惑をかけてしまったようだな、ジェルソミナ嬢」

「いえ、いえ。この程度のこと、迷惑だなんて。ただ、私が決めてしまえることではないので、ここからは、差し支えなければ、公子に判断していただきたいのです」

そりゃ、そうだろうね。

「分かった。ヴァレリー、皆の名前を控えておいてくれ」

並んでいる女子生徒たちの顔をヴァレリーに確認してもらう。彼は学園の生徒を全員覚えているので、顔を見るだけで名前を書き留めていった。

確認が済むのを待っていると、ジェルソミナがチラチラと俺の方をうかがって、また話を切り出した。

「……それでね、あの、公子のダンスのお相手、私も候補に入れておいてくださいませんか？」

「へ？　いや、ジェルソミナ嬢となら、もちろん構わないが」

あまり使ってないけど、王女とのパイプ役だしなあ。付き合いとして、彼女と踊るのは断れないだろう。

「そうですか！　あら、皆さん、ごめんあそばせ。私だけ先に決まってしまって。ほほほほ。では、セリム公子、失礼いたしますわ」

俺が応じると、ジェルソミナは途端に後ろに並ぶ女子たちに勝ち誇ったマウントをとって去っていった。

「色々と、すっげぇな……」

後ろに控えていたギルベルトが、アホみたいに口をあんぐりと開けて言った。

俺も呆れているが、当事者としては、そうも言っていられない。相手は貴族令嬢。人間関係をおろそかにはできない。だが、パーティーの時間を考えると、全員と踊ることも不可能だ。禍根が残らないようにしなきゃいけない。

「これはこれで困ったな。しこりを残さないように、どうやってダンスの相手を決めようか」

女子生徒たちと別れた後で、俺がボソリと呟くと、それを聞いたヴァレリーが、

「こういう問題ですと、やはり、ウチではリーゼロッテが一番頼りになるかと」

と、言ってきた。

「リーゼロッテか。……アイツ、絶対、面白がるよな」

俺の側近の一人、ベルテ子爵令嬢リーゼロッテは、有能だがクセの強い女だった。彼女なら解決策を見つけてくれるかもしれないが、それまでに俺の精神が疲弊しそうである。

「それじゃあ、ナディア様に相談するのはどうです？　あの人、万能で、やり手って感じじゃないですか」

ギルベルトの提案は、リーゼロッテに相談するより良い方法に思えた。

「その手があったな。よし、それでいこう」

俺は放課後にナディアのところへ行くことにした。

学園の特別棟最上階、ルヴィエ家のサロン。

ナディアの部屋を訪問すると、いつものソファを勧められた。すぐに、小柄な女子生徒が俺好み

の紅茶を出してくれる。部屋にいたパメラが俺に手を振ってくれて、近くにいた女の子たちも、俺を歓迎するようにニコニコしていた。

お菓子のたくさん並ぶ良い匂いの部屋で、俺はテーブル越しにナディアたち三人娘と向き合った。いつも通り、ソファの中央にナディア、左右にパメラとジュリエッタが座っている。

「セリム、ちょうどいいところに。貴方に伝えないといけない話があったのよ」

「話？　俺も相談があって来たんだけど……」

「そうなの？　まあ、私の話はすぐ済むし、先に片付けていいかしら？」

「うん」

「――知り合いの女の子たちがね、もうすぐ開催されるダンスパーティーで、セリムと踊りたいと言っているの」

「へ？」

昼間にもたくさんの女子生徒に申し込まれたんだが……まだ他にも希望者がいたのか⁉

「貴方に直接言うのは恥ずかしかったのでしょうね。色んな貴族家の令嬢から頼られてしまったわ」

ジェルソミナのところに王家の関係者、それ以外はナディアに話がいったのかな。

「ちょっと確認するが、ヴァレリー、ウチに直接言ってきた人もいたりするのか？」

「はい。公子の側近の女子生徒にも、密かに希望している者がいましたよ。まあ、公爵家の関係者であれば、王家の夜会にこだわる必要もありませんし、別の機会にまわってもらいます」

「そうか……」

思いも寄らない事態に、俺はどうしたものかと困惑した。

「あら、モテモテなのに嬉しそうじゃないわね」

意外そうにナディアが言うと、

「ダンス希望者が多くて、時間的に全員と踊れないんじゃないかしら」

と、ジュリエッタが正解を口にして会話に入ってきた。

「どれだけモテても一切調子に乗らず、誰も傷つけない困り顔。さすがセリムね」

さらに、パメラも茶化してくる。

そりゃ、ちょっとでも邪なことを考えたら経験値を減らしてくる〈システム〉に常時監視されているからな。メンタルも鍛えられるぞ。

「――実は、王家の関係者からもダンスの申し込みがたくさんあって、全員に応じられそうにないんだ。何でこんなことになったんだろう？」

そもそも、ダンスの申し込みなんて、普通は当日でいいものだ。誘うにしても、男から言う方が多い。女性から申し込んじゃダメってことはないんだけど。こんな事前に何人もから申し込みが殺到するなんて、通常ではありえないことだった。

俺は美人の母親に似たから、外見が整っている方ではある。でも、見た目がちょっと良いからモテているというには限度があった。前世ではむしろ、性格の悪さで女子に嫌われていた気がするし。ダンスも、付き合いで何人かの令嬢が義務的に踊ってくれていただけだった。

「集団心理ではあるかもね。皆が素敵と言うものが素敵に見えてくる」

「知ってます？　セリム公子の非公式ファンクラブがあるのよ」

パメラとジュリエッタが、笑いながら教えてくれた。

「セリム、女の子に好かれても、変に手を出したりしないじゃない。だから、アイドル的な人気になったのかも」

「…………」

改めて考えてみると酷い話だよな。〈システム〉に心の中まで監視されて、悪魔の問題が解決しない限り、俺はどれだけモテようが草食男子だ。

「でも、外見とか性格だけじゃないと思うの。セリムは、何か、オーラみたいなものが違う気がする」

「分かるかも。以前に、帰宅前の暗がりで、セリムの周りだけ発光して見えて、びっくりしたことがあったわ」

——何だって!?

「あー、それなら、俺も心当たりがあります。公子が平民の病気を治してるとき、天使か精霊みたいに見えることがあって。最近は、街に出ると爺ちゃん婆ちゃんがよく公子のことを拝んでるんですよ」

パメラとジュリエッタの話を聞いていたら、ギルベルトまで口をはさみだした。

……もしかして、この異常なモテ方は、〈システム〉の副作用なのか？

俺の〈求道者〉レベルも、もうすぐ70だ。聖人に近づいているとしたら、普通の人間からは、特別な存在に見えるのかもしれない。

でも、女性に手を出したら、レベルを下げられるんだぞ。鬼〈システム〉じゃないか。

◇　◇　◇

学園二学期のちょうど中頃。

中間の筆記試験が終わると、秋の祝祭が始まった。

初日の夜に、王宮で一番豪華な夜会が開かれる。それに合わせて、ベルクマン公爵である父も領地から王都の公爵邸に来ていた。

「ふうむ。やはり、強者は何を着ても似合うな。惚れ惚れするじゃないか」

ベルクマン邸の一室で、夜会に出る正装に着替えたレオを見て、父が感心したように言った。

レオはベルクマン公爵家の養子になったので、今回の夜会に出席して王族や貴族たちにお披露目することになっていた。少し前まで平民として粗い綿や麻の服しか着てこなかったレオは、彼のために仕立てられた絹の礼服を難なく着こなしていた。

「よく似合っているぞ、レオ」

俺もレオを褒めると、彼は少し恥ずかしそうに頬を掻き、

「……衣装だけは整えていただきましたが、作法はまだまだです」

と、言った。

謙遜した台詞を言えるようになっただけ、レオのマナー教育も進んでいる。もっとも、レオの礼儀作法は本当にまだ王家の夜会に出せるレベルではないのだけど。

「そう気にするな。夜会の参加者など皆、お前より弱い奴らだ。弱い者が何を吠えようが強者には関係ない。お前は堂々としていればいいだけだ。ぬははは」

と、父は豪快に笑って、レオの肩をバシバシと叩いていた。

「さすがは公爵様。実の息子の麗しい夜会服姿には目もくれず、戦闘能力で気に入った義理息子に夢中でいらっしゃいますわ」

ふいに、歯に衣着せぬリーゼロッテが、俺の耳元でボソリと言った。

「……あまり近づくな。出掛ける前に化粧がついたら困る」

俺は嫌そうにリーゼロッテから一歩距離をとった。リーゼロッテの夜会用ドレスは胸元が開きすぎなのだ。

「あらぁ。失礼いたしました～」

光沢のある薄いタフタ生地にキラキラの宝石をあしらったドレスを着て、リーゼロッテは制服のときよりずっと大人びて見えた。

――祭りの間は他の女子たちもこんな感じで着飾ってるのかな。

ヤバいぞ。気を抜くと〈システム〉に経験値を削られまくりそうだ。

「ハァ。貴族の夜会よりも気楽な街の大道芸でも見ていたかったな」

俺はそっとため息をついた。

「あ、公子もそっちが良いんですね。暇を見て一緒に行きましょうね」

俺の呟きを拾って、ギルベルトがニカっと笑った。

「そうだな。宮殿のパーティーは行く前から気疲れするよ」

今回俺は特に気を張っていなければならなかった。夜会に連れて行くレオのフォローを、俺がしなければならないからだ。レオの身のこなしは器用な方だが、夏休みから今までの短期間で王家の夜会に出席できる礼儀作法を身につけるというのは無理がある。彼がボロを出さないように、彼の失敗が目立たないように、俺が傍についていてやらなければならなかった。

——そうだ。女子とダンスとか言ってる場合じゃなかったんだ。学園の対抗戦でレオの能力が知れ渡ったから、王家や他の有力貴族からどんなちょっかいがあるか分からない。気をつけよう。


王家の夜会。

王宮の一番大きな広間がダンスホールとなり、着飾った貴族たちが集まっていた。続きの間の別室には飲み物と軽食、簡単なコース料理も用意されている。

ダンスホールの奥の一段高くなったところには、豪華な椅子が置かれて、国王夫妻が座っていた。

父と俺、レオの三人で、国王陛下のもとへ挨拶に向かった。

国王は、まだ三十代半ばの若々しいイケメンだ。しかし、黒髪をオールバックにし、鋭い目つきでこちらを見つめる姿には迫力があった。

「その者が、最近、公爵が養子に迎えたというレオか」

父の挨拶を受けると、国王陛下はすぐに視線をレオに向けた。

「はい。貴族としての作法はまだまだですが、今日は寛大に見ていただきたく思います」

父はレオと王の間を遮るように立って答えた。彼はお気に入りの養子を、強欲な王にあまり見せたくないようだった。だが、王は「気にするな」と言って、直にレオに声を掛けてきた。

「このような大きな夜会は初めてだそうだな。案内の者をつけよう」

国王陛下がそう言うと、会場の中でもひときわ豪華なドレスと宝石を身に纏った姫が、俺たちの前に進み出てきた。

「私の二番目の娘、エミリアだ。十三歳、ちょうど良い組み合わせだと思わないか？」

エミリア王女は、俺と同学年のラファエラ王女の妹だが、孤高の姉王女と違って人懐っこい笑顔をこちらに向けていた。

父は国王の言葉と王女の姿に、警戒するように目つきを鋭くした。

「……それは、どういう意味でしょうか？」

「エミリアには、いずれ大公の位を与えようと思う。その夫になれば、バラ色の人生と言えような」

国王陛下がニヤリと笑った。

王都出身のレオを父の養子にすることで、ベルクマン公爵家に取り込んだわけだが、そのせいで、レオはかなり身分の高い者とも結婚が可能になっていた。

――逃したレオを、婚姻で再び手中に戻すつもりか。

国王は権力への執着がとりわけ強いタイプだった。そのせいで、才能あるラファエラ王女が主体性を持てず抑え込まれているほどに。

レオという強い力を、このまま地方貴族に握らせておく国王ではないのだ。

「エミリア王女を大公になさって……その大公の領地を魔物の領域から切り拓くのは、誰にやらせるおつもりなのやら……」

父と国王が、バチバチと音が出そうな勢いでにらみ合う。

お祭り初日のパーティーで、何をやってるんだよ。

「まあ、将来の話は、また別の機会にすればよい。今日はただ、不慣れな若者の案内を、娘にさせようという親切心だ。エミリア、レオ殿をしっかりフォローしてさしあげろ」

「任せてくださいませ」

レオが、エミリア王女と彼女に仕える美女たちに囲まれて、連れ去られそうになる。一人で行かせて、何かあったら大変だ。

「それなら、私も一緒に……」

急いでついていこうとしたが、反対側から腕を引っ張られた。

「セリム公子、たまには私とも仲良くしてもらおう。一緒にダンスはどうだ？」

ラファエラ王女だった。

普段は不愛想な王女が、俺の腕を掴んで離さない。彼女は薄い水色の絹のドレスを着ていた。ハニーブロンドのツインテールには宝石をあしらった髪飾りが編み込まれ、長いリボンがゆらゆらと揺れている。

──これ、絶対、側近とかに言い含められたんだろうな。ラファエラ王女、ダンスとか喜んで踊るキャラじゃないだろうに。

俺とレオを離れさせようという、王家の者たちの連係プレーで、たちまち俺はドレス姿の女性に囲まれてしまった。

「セリム様！　明後日の学園生とのダンスは、相手をくじ引きで選ぶことにされたそうですわね。今日踊っていただけるなら、私と約束してくださった分は、希望者に譲りますわ」

ドゥランテ宮中伯令嬢ジェルソミナも、ここぞとばかりに言い募る。

すると、周りで見ていた他の貴族女性たちまで、俺に群がってきた。

「セリム様、ぜひ私とも踊ってくださいませ」

「いいえ、私が先よ」

「王女の前で、はしたない。セリム公子とラファエラ王女が踊っている姿を拝見できれば、私は十分満足ですわ」

「あ……えっと……」

期待に満ちた女性たちに取り囲まれて、俺はレオを助けに行けなくなった。順番待ちをする彼女たちに逆らえず、俺はダンスを終えるたびに次の女性のエスコートに向かうことになってしまった。

初めて話す女性の前に左手を差し出し、彼女が重ねた右手の指を握ってエスコートする。そのまま音楽に合わせて両手を繋ぎ、クルクルと回って、時には相手を軽くリフトして華やかに踊った。

豪華なシャンデリアと金ぴかの内装、中にいる王侯貴族が身に着けた数々の宝石が、ありふれた石ころのように、そこかしこで光を反射している。そんな光景に夢見心地になった少女が転ばぬようにエスコートし、あるいは、こちらに身体をくっつけすぎる令嬢に経験値を削られぬように耐え、俺は身体強化魔法でも〈治癒スキル〉でも癒やせぬ疲労を溜めていった。

そうして、何人目かの令嬢と踊っていたとき、ふと、相手の足捌きにぎこちなさを感じた。

俺は踊りながらさりげなくホールの端に行く。

「〈簡易治療〉」

彼女は履き慣れないヒールの靴で足を捻っていたのだろう。身体強化魔法が苦手な者だと、すぐに直せないこともある。

《少女の捻挫を治療しました。経験値が上がります。経験値が100加算されました。
現在のレベル：66　現在の経験値：1200／6700》

ふふ。こうやって、どこでもコツコツ経験値を積み上げるのが、レベル上げの秘訣だな。

「ありがとうございます、セリム様」

治療した令嬢にキラキラした瞳で礼を言われた。

「お構いなく。夜会を楽しんでくれ」

俺にとっては経験値をもらえればそれでいいのだからな。

そのとき、俺はふいに令嬢の奥に見える人々の中に、ナディアがいることに気がついた。

「……そうそう、うちの領の交易ルートに、新しい宝石が入ってきましたの。今ですと質の割に安く購入できますから、持っておくと後で価値が上がると思いますわよ」

ナディアは自分よりずっと年上の貴族たちを相手に、商売っ気たっぷりなトークを実に楽しそうにしていた。ダンスに夢中な年頃の令嬢たちとは違うけど、彼女は彼女で、この夜会を意欲的に活用しているようだ。

そんな彼女を何となく遠目に眺めていると、バチリと目が合った。

俺に気づいたナディアは目を細め、ふっと笑った。……女子に引っ張りまわされてダンスばかり踊らされていた俺を、面白がったようだ。

——人の苦労を笑うなよ。

俺がちょっと頬を膨らませると、ナディアはゴメンと言うように笑顔のまま眉を下げた。

「……セリム様？」

ダンスパートナーの女の子が不思議そうに俺を見る。

「失礼、いきましょうか」

パートナー以外の女性と目線で会話するなんて、マナー違反だったかな。

《少女の心を弄びました。経験値が下がります。経験値が５０減算されました。

現在のレベル：66　現在の経験値：１１５０／６７００》

……気にしない、気にしない。治療で得た経験値と合わせれば収支は黒字だ。

その後も、俺はパーティーの間中ずっと、次々と相手をかえて女性たちに付き合わされるのだった。


王宮から帰宅すると、俺はだらしなくソファーに倒れ込んだ。

「ヤバい。まさか飯もいっさい食べる間もなくダンスに付き合わされるとはな」

軽食のテーブルに置いてあったチョコレート菓子さえ食べそびれた。

ゲッソリしていると、公爵邸のメイドがホットココアを持ってきてくれた。

一息つきながら、レオに今日のパーティーのことを聞く。

「エミリア王女とはどうだった？　何かトラブルなど起きていないか？」

「ああ、心配しなくても大丈夫だぞ。王女は親切だった」

レオと俺は、義理とはいえ兄弟になったので、タメ口でよくなった。誕生日でいうと、レオの方が兄になるらしいのだが、そこは公爵家の者たちが嫌がって、レオの書類上の誕生日を俺より後に書き換えたそうだ。一応、俺が義理兄である。

「そうか。……もしかして、エミリア王女を好きになったりとかは……」

「するわけがないだろう。相手はまだ十三歳だぞ？」

レオにとって、十三歳の王女はまだ子どもに見えたらしい。

「パーティー会場で、セリムが令嬢たちと踊りだすと、王女の視線がお前に釘付けになっていたから、あまり話してもいないんだけどな。俺は一応、セリムの兄弟ってことになっているから、お前のことをたくさん質問されたよ」

……エミリア王女が乙女な子どもで、助かったのかもしれない。

秋の祝祭が終わった。最近は朝晩とずいぶん冷えるようになってきた。

学園の冬休み前の最後の大きなイベントは、魔物狩りの実習である。

いつもの対抗戦と異なり、生徒全員参加で行われる。

場所は、王国直轄領の真ん中にある山岳地帯だ。国の中央部だが、険しい山のせいで人が暮らしにくく、どうしても魔物が増えてしまう地域だ。定期的に魔物を駆除しないと、山から人里に魔物が下りてきてしまう。その魔物を狩る手伝いを、王都の学園生にさせようというわけだ。

学園の授業扱いなので、同行するのは、対抗戦のときの精鋭揃いのチームメンバーとは異なる。今回は、ナディアたちと別行動だ。

さらに――。

「王太子が、ぜひ、レオ様と親しくなりたいそうです。彼を一日お貸し願います」

レオをラファエラ王女のところに取られた。

結果、俺は領地から一緒に来た同学年の十五名と行動することになった。

空は快晴。紅葉がきれいだ。

ハイキング気分で山を登る。

生徒を全員参加させるため、行くのは山の中腹までの危険が少ないエリアだけだ。魔物をどれだけ討伐したか結果が出るので張り切る者もいるが、俺のところはのんびりしていた。側近たちは、聖人の真似事をする俺の影響か、性格が丸くなり、ガツガツと武勇を求めなくなっていた。

「おっしゃっ！　ロック鳥八匹目っ」

そんな中、ギルベルトだけは相変わらずテンションを上げて雑魚狩りに夢中だった。

「おーい、あまり離れすぎるなよ」

俺は、後ろの者がついてこられるように、ゆっくりと山道を進んだ。

「平和ですね。セリム公子がいらっしゃると、実力に対して魔物が弱すぎるようです」

隣を歩くヴァレリーに話しかけられた。

「そうだな。今までの学園の平均的な一年生の強さに合った魔物と戦うように計画されているから、実力者揃いの今学年には物足りないかもな」

「はい。まあ、学園行事ですから、安全に済むに越したことはないですけど」

「あー……そうだな」

俺は何となく気まずくなって空を仰いだ。

実は前世では、この魔物狩りの実習中に、事件が起きていた。

いるはずのないドラゴンが下りてくるのだ。

ドラゴンといっても、研修旅行で出会ったリヴァイアサンのような怪物ではない。生まれたての個体で、レッサードラゴンだ。それでも、勇者レオがラファエラ王女と協力して、やっと倒せたというくらいに強かった。

レオを王太子に貸せと言われたとき、今世も二人でドラゴン退治をするのだろうと思った。勇者不在で王女のもとにドラゴンが現れたら危険だ。俺はあっさりとレオの貸し出しを認めた。

このドラゴン事件、前世の俺は二人の活躍を後で聞かされただけだった。恐ろしいドラゴン相手にも、勇者レオと王太子ラファエラは怯まずすぐに応戦し、生徒は皆無事だった。被害はなく、俺には二人が名声と希少なドラゴン素材を手にしたという嫉妬の記憶しか残らなかった。だから、悪魔の暗躍するような根深い問題ではなく、偶然に強いモンスターと遭遇したのだと考えている。

そして、俺たちベルクマン一派の登山コースは、記憶にあるドラゴンの出現場所から大きく外れていた。この件については、後でレオにドラゴン退治の話を聞けばいいだけだろう。

そう思っていた。

ドォォンッ！

山から危険を知らせる信号弾が上がる。

「何だ？」

「救援信号、強い魔物でも出たのか？」

同行する側近たちが驚いてザワザワしだした。俺は落ち着いたまま、音のした山の方を確認する。

「……あれ？」

信号弾の上がった位置は、記憶とかなりズレていた。王女がいるはずの場所と、俺の現在地の中間地点である。……あの辺りにいるのは、ナディアたちだ！

——まさか、ドラゴンの出現場所がズレたのか⁉

マズい。勇者レオが全力で倒したドラゴンだ。急襲されたら、ナディアたちが危ない。

「助けに行くぞ」

「「はい！」」

側近たちが一斉に返事をした。しかし、ここにいる全員をドラゴンの近くまで連れて行くのは危険だ。

「レヴィテート」

俺は一部の者にだけ浮遊魔法をかけた。

「今魔法をかけた者は俺と一緒に来てくれ。残りはヴァレリーがまとめて、山道を信号弾の方に歩きながら、現場から避難してくる生徒を拾ってくれ。一人で逃げている者がいたら、通常の魔物でも危険かもしれない。お前たちも身の安全に注意して行け」

「かしこまりました。公子も、お気をつけて」

「ああ、行ってくる。——ウィンドバースト！」

　俺は浮遊魔法と風魔法を駆使して、空中から最短距離で目的地へと急いだ。

「ちょ……公子、速っ、目が回るって……」

　ギルベルトと他三名ほどを一緒に俺の風魔法で運んだ。かなり強引な移動方法だけど、頑丈な側近を選んだから大丈夫だろう。

　やがて遠目に巨大なドラゴンのシルエットが見えてきた。

「俺たちが救援一番乗りになりそうだな」

「そりゃそうでしょ。攻撃用の風魔法をぶつけて高速移動するなんて器用な真似、できるのセリム公子くらいですって」

　ゲッソリした顔でギルベルトが言う。

「悪いな、あまり気をつかってられなくて。すぐに負傷者の救出を――」

　さらに近づくと、ドラゴンと戦っている人影が見えた。

　クリスタルの剣を持ったナディアだ。でも、姿勢がおかしい。

「制服が赤い。腕の先が、血で……」

　切り立った崖を背に、左腕を失ったナディアが、安定感のない浮遊魔法でフラフラと飛んでいた。

にもかかわらず、彼女はドラゴンを挑発するように妨害魔法を連発している。

「あんな怪我で戦ってたら死ぬぞ！　何で逃げないんだよ⁉」

　いや……そうか！　被害が広がらないように、彼女は身を挺してドラゴンをこの場に留めていたのか。

ドラゴンの近くにはナディアとパメラ、ジュリエッタだけが残っていた。この三人でドラゴンの相手をすることで、野生のハンターであるドラゴンが、弱い生徒から先に狙うのを防いでいたのだ。決死の覚悟でドラゴンに立ち向かうナディアの顔は、前世の記憶にある魔人と戦う彼女と同じだった。

「ナディア！」

俺は抱きつくように接近して彼女を支えると、襲いかかるドラゴンの爪を結界で防いだ。

「セリム⁉」

「大怪我じゃないか。逃げた生徒を庇ったのか？　無茶をする……」

俺はすぐに〈治癒スキル〉を発動した。

《大怪我の再生治療をしました。経験値が上がります。経験値が１０００加算されました》

一瞬、光に包まれた後、破れた制服からナディアのきれいな腕が再生していた。

「セリム？　嘘……腕が……」

突然治った怪我に口をパクパクさせながら驚くナディアを抱えて、俺は断崖絶壁の細い山道の上に降り立った。

彼女がやられた理由は、足場の悪さだろう。崖の上の細い道を移動中に襲撃されたようだ。

「レヴィテート」

俺はナディアと、近くにいたパメラとジュリエッタに浮遊魔法をかけなおした。おそらく彼女たちは、この手の補助魔法が苦手だ。最悪の状況で飛行モンスターと戦闘する羽目になったと言える。

さらに、俺は空中にいくつもの結界魔法を展開した。物理攻撃を防ぐ結界は、魔力で作る板のようなものなので、しばらく足場として使える。これで、一方的な戦いにはならないはずだ。

「少しの間、ドラゴンを抑えていてくれ。先に重傷者を治療してくる」

さっき上空で、血を流して倒れている生徒を見つけていた。すぐに行かないと危ないかもしれない。

「ギルベルト、悪いが剣術はナシだ」

「分かってますよ。これでも、ベルクマン領の者として、しっかり結界魔法の修練をしてきたんです。ベルクマンの結界魔法技術の高さを、ルヴィエの皆さんにお見せしておきますね」

ベルクマン公爵家は結界魔法に秀でた家だ。部下たちには、防御に徹して時間稼ぎをしてもらうことにした。

「頼んだぞ、すぐ戻る」

俺は側近を一人だけ連れて崖から飛び降り、すぐさま地上の狭い平地で倒れている生徒のもとに駆け寄った。

気を失った彼の周りには、大量の血が流れ出ていた。

「……酷い」

連れてきた側近が、惨状に思わず顔を歪める。

俺は倒れた生徒の口元に指を近づけた。

即死に近いが、まだ息があった。

「〈再生治療〉」

《瀕死の人間の再生治療をしました。経験値が上がります。経験値が１５００加算されました。
現在のレベル：68　現在の経験値：６４８０／６９００》

彼の治療で、俺のＭＰはほぼ空になった。

でも、重傷者を二人続けて回復しても、気を失わずに済んだ。夏休みの修行で、俺の〈治癒スキル〉のＭＰ効率は大分マシになっていた。

「〈森林浴〉」

山の木々からＭＰを補充する。量はあまりとれないが、これでまだ動ける。

俺は側近に、治療した生徒を背負わせた。

「彼を連れてこの場を離れてくれ」

「かしこまりました」

怪我人は気絶していたので、側近に安全な場所へ運んでもらうことにして、俺は戦いの続く上空を見上げた。

「他に重傷者がいないことを祈るばかりだな」

もう俺には重傷者を治療するＭＰが残っていない。だが、今も暴れるドラゴンとナディアたちが戦っているのだ。彼らをフォローする必要があった。

俺は浮遊魔法で飛び上がり、戦場へと戻った。

「〈聖鎖結界〉」

念のため、ドラゴンに〈聖属性スキル〉を使ってみる。だが、効果はなかった。やはり、この事件に悪魔は関係なく、敵はただのモンスターだったようだ。

「物理結界、物理結界……。公子、足場を作るのは俺に任せてください！」

ギルベルトがうまくドラゴンの周囲に結界で足場を作り、その周りをナディアたちが飛び回って敵の動きをけん制していた。

俺は少し後ろで彼らに補助魔法をかけ、危なそうな場面で防御結界を張るようにした。

「もう少し耐えてくれ。レオが来れば勝てる」

このメンバーだけでドラゴンを討伐するのは、今は厳しかった。

もし、平地で戦っていて、万全(ばんぜん)の俺がナディアをフォローすれば勝てたと思う。しかし、現状はやりにくい空中戦だ。その上、俺はＭＰが残り少なかった。

でも、実際に戦ってみた感じ、レオならこのドラゴンを無傷で倒すだろうことは分かった。彼の位置からも、信号弾は見えていたはずだ。レオが来るまで、守りに徹してこの場にドラゴンを留めておくのが正解の場面である。

しかし、彼が来るまでの数分が、とても長い。

「氷壁結界」

「ありがと、セリム」

集中力の切れかけたパメラを、結界でフォローした。

「頑張れ！　あと少し耐えれば俺たちの勝ちだ」

仲間を励ましながら防戦を続ける。

やがて、ドラゴンの背後に人影が見えた。

「レオ！」

レオはまさしく主人公のような登場の仕方で、猛スピードでこちらに飛んできた。

彼はギルベルトの作った足場で跳躍し、ドラゴンの真上をとると、敵の背に剣を突き刺した。

「フリーズ」

俺は暴れるドラゴンの翼を、ここぞとばかりに凍らせてやった。ドラゴンはそのまま崖の下に転落する。

レオは浮遊し、上空から爆撃魔法を撃った。

それに合わせて、他の者たちも一斉に全力の魔法を放つ。

地上で轟音が響き、煙と爆風がドラゴンの姿をかき消した。

「やった……かしら？」

「ああ。ドラゴンの魔力がどんどん小さくなってる。これで終わりだ」

俺たちは浮遊したまま煙が晴れるのを待った。

「さっき、地上で怪我人を治療してくれたのよね。……一人、私たちの目の前で大怪我した生徒がいたの。彼は無事かしら」

と、ナディアは不安げに俺にたずねた。

「うん。重傷者を一人治療した。黒髪の男子生徒だろ？」

そう俺が答えると、ナディアはホッと息をついた。

「良かった。他の子たちも無事に逃げてくれているといいけど」

「ざっと感知魔法を使った限り、他の生徒はちゃんと避難していたと思う。ナディアが見た重傷者は、俺が治した一人だけか？」

「ええ。敵の先制攻撃で彼が負傷して、その後すぐに私に攻撃が向くように挑発したから、他の生徒は自分の足で逃げられたはずよ」

なら、ひとまず安心か。

「……セリムには、あんな重傷者の治療ができたのね」

仲間の無事を喜び安堵（あんど）するナディアの声に、戸惑（とまど）い探（さぐ）るような色が混じる。

「ああ、えっと……」

少し離れた位置で、パメラがハラハラした表情でこちらを見ていた。俺の隠（かく）している〈再生治療スキル〉の性能、この場で知らないのはナディアとジュリエッタだけだったな。

「心配しないで。暴（あば）き立てて騒（さわ）いだりしないわ。しっかり調べさせてもらうけど」

そう言って、ナディアはニタリと笑った。

「そうか」

こういうふてぶてしさがある方が、ナディアらしいな。さっきまでの決死の覚悟で戦う姿は、何事もなければ彼女が決して見せないものなのだろう。

「……ありがとう、助けに来てくれて。お蔭で、私の大切な人たちを守れた」

「うん」

——今世では、ナディアの色々な面を見たなあ。

女の子って、先日のパーティーで会ったような恋に恋している可愛い子や、貴族らしい貴族の子としか会ってこなかったけど。ナディアはすごく多面的で……面白いな。

戦いの疲労もあって、俺は少しボウっとしながらそんなことを思った。その俺の腕をナディアがギュッと掴む。

「でも、これだけは言わせて。貴方の治癒魔法って、魔力を大量に使うのでしょ。枯渇寸前の魔力で貴方がドラゴンの前に戻ってきたときは、正直、ギョッとしたわ。命知らずよ」

と、咎めるように彼女は言った。

「もっと自分の身を優先して大事にして。あの場で治療を後回しにしても——もっと言えば、秘密を守るために私や彼を見捨てても、誰も貴方を責められやしないわよ」

俺の両腕を掴んで、ナディアは真剣な表情で俺を見つめた。でも、少しでも遅れていたらあの怪我人は死んでいたはずだし、ナディアを治療しなければ、将来にわたって彼女の能力が下がってしまったかもしれない。

「……計算通りだから問題ない。ナディアこそ、無茶しすぎだ。命を大事にしなきゃいけないのは、ナディアの方だろ」

大怪我した身体でドラゴン相手に無理をしていたのはナディアの方だ。

「あら？　私は平気よ、強いから」

と、ナディアは少しムッとした様子で言った。

「なら、俺も平気だ。俺の防御能力があれば、レオが来るまで戦線の維持くらい余裕でできた」

「「…………」」

俺たちはそのままジッと互いを睨み合った。

「……すまない。ラファエラ王女とこちらに来ようとしたんだが、ドゥランテ宮中伯令嬢たちが、王太子の安全が最優先だと言い張って、遅れてしまった」

と、急にレオに謝罪された！

変な言い争いをして、レオが遅れたせいで危ない目に遭ったと咎めたことになってしまったか。まさか彼に謝られるとは。

「いや、全然平気だぞ。俺ならあのまま半日は耐えられた」

「私も大丈夫よ。あのまま三日はいけたかしら」

レオが珍しくポカンとした顔になった。

そこで、周囲に微妙な目で見られていることに気づいて、俺たちはハッとして取り繕った。

「ゴホンッ……。とはいえ、残念だったのはラファエラ王女だろうな。ドラゴンスレイヤーになり損ねたのだから」

「そうね。来ていれば、討伐したドラゴンの素材も手に入れられたのに」

――そうだ、素材！

そういえば、ここで採れるドラゴン素材は、結構良い物だったぞ。前世より苦労したけど、討伐に参加したし、欲しかったドラゴン素材はもらえそうだな。

一周目ではレオの討伐したドラゴン素材を買うのが癪で、欲しいのに手に入れられなかったんだよなあ。普通の素材では耐久性の足りなかった付与魔法を試せるチャンスである。

だが、煙が晴れて地上に降りてみると、前世と違ってドラゴンはボロボロになって死んでいた。これでは、あまり良い素材は取れそうにない。

「ああ……せっかくのドラゴン素材が……」

俺はガックリと肩を落とした。

「みんな無事に危機を脱したんだから、十分じゃないですか、公子」

と、ギルベルトが俺を励ました。

「いや。事前にあらゆることを想定して準備しておくべきだったんだ」

俺は渋面で首を横に振った。

「何それ？　ドラゴンが出るなんて誰も思わなかったわよ。それにセリム、大活躍だったじゃない。これ以上の結果を望むの？」

と、パメラが首を傾げた。

「……そうだな。でも、本当はもっと良い結果があった気もするんだ」

一周目では、誰も怪我せず、きれいなドラゴンの素材が取れていたんだけど、あれは最善の結果だったんだなあ。

そうして、俺たちが地上でドラゴン素材の検分を始めると、次々と救援の者が集まってきた。教師や腕に覚えのある生徒で周りを固めて、ラファエラ王女も来た。素材の解体や運搬は、彼らにやってもらった。


麓に下りると、先に移動させていたヴァレリーたちに迎えられた。彼らは逃げてくる生徒とうまく合流しながら下山したらしい。

「すぐに治療しなければならない重傷者はいるか？」

「いえ、皆、自分の足で避難できていました。点呼で全員がいることも確認済みです」

「そうか、良かった」

ヴァレリーの言葉に、俺はホッと息をついた。

「ただ……」

ヴァレリーが周囲を見回して眉をひそめる。生徒や教師たちの中に、俺を探るような視線がちらほらとあった。

――〈再生治療〉をガッツリ使ってしまったからなあ。

俺たちが最後に下山したから、情報統制はできていない。その中で、即死レベルの重傷者やナディアの腕がきれいに治った状態で戻ってきたのだ。違和感を覚える者が出るのは致し方ないだろう。ナディアが言いふらさなくても、今回の件で俺の治癒能力が通常の治癒術士をはるかに超えたものだとバレた可能性は拭えなかった。

◇　◇　◇

実習から戻って一週間。

父が王都の公爵邸にやって来た。

王家から急に呼び出されたらしい。彼は何日か、王宮や貴族の家でややこしい話し合いをしているようだった。

そして、数日後の休日、俺は父の部屋に呼ばれた。

「国王陛下が、お前をラファエラ王太子の婿に欲しいと言ってきた」

しかめっ面の父は、奇妙なことを言った。

俺は公爵家の跡取り扱いの長男だ。いくら王家の方が強いからといって、大貴族の跡取りを婿として取り上げるのは強引すぎないか？　それに――。

「秋の祝祭のときは、レオをエミリア王女の婚約者にと言っていたでしょう」

ふつう、同じ家から二人も婿はとらない。

「お前が王太子と結婚するなら、レオの方は取り下げるそうだ。お前には五歳下の弟がいるから、お前が王家に行っても、公爵家が跡取りに困ることはないだろうと」

そりゃあ、俺がいなくても、レオが弟に協力すれば公爵家は安泰だろう。

しかし、王太子の婿なんて、面倒なポジションすぎる。嫌だなあ。何で急にそんな話に……。

「先日の学園の実習で、治癒魔法を派手に披露したそうだな。あらゆる損傷を治す能力。その価値は、レオの力よりも上ということだ」

「そんな……」

あのときは、ドラゴンの被害を放置できなかった。あの場で〈再生治療〉を使ったことに、後悔はしていない。でも、そのせいで王家に目をつけられたのか。

「それと、ルヴィエ侯爵家からも打診があった。お前を、ナディア・ルヴィエの婚約者にと。ナディアと結婚すれば、お前が公爵家を継ぎ、彼女はその妻としてベルクマン領に来る」

「ナディアが⁉」

王太子との婚約話よりはるかに強い衝撃が、俺を襲った。後頭部を思いきり殴られたみたいだ。

溌溂とした笑顔のナディアが脳裏に浮かぶ。一緒に対抗戦に出たり冒険したりするのは、楽しかった。

「……彼女は、ルヴィエ侯爵家の跡取りでしょう」

ナディアは侯爵家を継ぐ。だから、彼女を友だち以上に考えたことはなかった。でも……。

変な気分だ。気持ちの整理がつかない。

「ルヴィエ侯爵家は、王家が強引に貴族の家から貴重な治癒能力者を取り上げるのに反発した。対抗するために、後継者にするつもりで育てた娘を差し出すことも辞さないくらいに。実際、ルヴィエ家の横槍のおかげで、お前がすぐに王家にとられることはなくなった」

「しかし、それではルヴィエ家に作る借りが大きすぎます。一方的に損をさせる」

「そうでもない。ルヴィエ家の領地は、魔物の勢いが強い地方だ。魔物と戦って負傷した者も多い。その治療が交換条件だ。お前、次の冬期休暇は、うちに帰ってこなくていい。代わりにルヴィエ侯爵領へ行け。ひとまず、王太子とお前の婚約を阻止してもらった礼を、すぐにしてくるんだ」

「分かりました」

ルヴィエ侯爵領に治療に行くのは良いことだ。経験値もたくさんもらえる。

しかし、ナディアとの婚約は……。

ナディアは、ルヴィエ侯爵家を継ぐべきだ。未来で悪魔と戦うために、対抗しうる指揮能力を持つ彼女を、公爵家の息子の嫁みたいな動きにくい立場には置けない。彼女と結婚はできない。

「ルヴィエ侯爵邸に向かう。準備しろ」

父の執務室を出たあと、俺はすぐにナディアのもとを訪ねることにした。

学園では話し辛い内容だ。直接、彼女の家に行く。

「あの、セリム様、少々困ったことが……」

外出の支度をしていると、ヴァレリーが一人の女性とともに部屋に入ってきた。彼女には、俺が

〈治癒スキル〉を練習するための病人を探す仕事を任せていた。

「何かあったか？」

「はい。王都から南へ出た先の村で、大規模な食中毒が起きました。以前に公子が治療された若者たちと同じ、魔物肉を食べたものと思われます」

レオの幼馴染(おさななじみ)を治したときのやつか。

「状態は、悪いのか？」

「はい。今日中に手を打たないと、明日には何人か死んでいそうです」

「分かった。行こう」

病人の方が一刻を争う。ナディアと話すのは後になるな。

ルヴィエ家を訪問できなくなって、俺はちょっとホッとしている自分に気づいた。いったん婚約話から離れて、頭を冷やした方がいいのかもしれない。

「お待ちください。王都の外に出られるのでしたら、護衛を」

ヴァレリーに言われて、護衛を選ぶ。

「そうだな。誰が来られる？」

「カティアと私と、ギルベルト。それと、今日はレオ様も」

「レオまで要(い)るか？　あれはもう大貴族の一員なんだぞ？」

「俺がついて行ったらダメか？」

レオがひょいと扉(とびら)から顔を出してきた。近くにいたようだ。

「行きたいなら構わないが、やることがなくて暇だぞ?」

「そうでもないだろう。俺の幼馴染が罹ったのと同じ食中毒なら、一度見ておきたい」

「そうか。レオが来るなら、ギルベルトは残していってもいいかな」

「ちょっと大将! 仲間外れ禁止! 皆で行きましょう」

ギルベルトまで部屋に入ってきた。病人を診に行くっていうのに、騒がしくなったな。

皆で馬に乗って、王都の外へ駆けていった。

風が冷たい。でも、人の多い街から出ると、気分がスッとしたように感じた。

敵対者

目的の村は森に少し入ったところにあった。

村の中では三十人以上が腹痛を訴えていた。

出迎えてくれた村長から事情を聞く。

「村の祭り用に、珍しい肉を行商人から買ったんです。安物じゃありませんよ。それなのに……」

行商人に騙されたのか。悪質だな。

「犯人は捕まえられそうか？」

ヴァレリーに聞いてみる。

「王国騎士団に通報しておきました。なにぶん我々の領外での活動は制限されますので、捜査は王国の行政に任せるしかありませんが……」

「そうか。なら俺たちは病人の治療に専念しよう」

村人の治療は、かなりの大仕事になりそうだった。何せ、患者の数が非常に多い。

俺が病気の治療に使える〈スキル〉は三つ。

《体力支援：闘病中の相手に体力の支援をする》

《免疫操作：免疫で抵抗可能な病気を治す》

《並行操作：免疫操作を7名まで同時にかける》

ちゃんと治すのに使えるのは〈免疫操作〉と〈並行操作〉だが、この二つは扱える人数が違うだけで同じものだ。そして、治療には時間がかかり、一度〈スキル〉を発動すると数時間はその場を動けなくなる。

〈システム〉の治癒能力は、怪我の治療には恐ろしいほど優れていたが、病気の治療はそれより数段落ちる性能だった。

学園に通う前、まだレベル20程度の頃に、領地で一晩徹夜してゲレルナ病患者の治療をしたことがあった。病気を治す能力は、その頃からあまり変わっていない。

今回は患者が多すぎるので、〈並行操作〉で同時に治療できる七人までに、重症者を選別しなければならなかった。他の者には薬を飲ませて、〈体力支援〉を使って自己治癒してもらうしかない。

俺はまず、村の中をくまなく回って、腹痛の出ていた村人全員に薬を渡し、〈体力支援〉を掛けていった。

《食中毒患者の体力を支援しました。経験値が上がります。経験値が100加算されました》
《食中毒患者の体力を支援しました。経験値が上がります。経験値が100加算されました》

…………

……

「ありがとうございます。公子様のお蔭で、症状が楽になりました」

「渡した薬を飲めば、魔物の毒を抑えられるだろう。治るまで無理せず安静にしておいてくれ」

「はい、申し訳ございません。私の代わりに、動けそうな村人を手伝いに使ってください」

フラフラだった村長をベッドに寝かせると、俺は比較的元気な村人に話しかけた。

「後は重症者の治療なんだが、同時に七名までの治療で、数時間〜半日ほど時間が掛かるんだ。患者を一カ所に集められる場所はないか？」

「それでしたら、村の集会所でお願いいたします」

何人かの動ける村人に協力してもらって、俺は重症患者七名を集会所に運んだ。

「〈並行操作〉」

治療を開始する。

大人数に〈体力支援〉を使った後で〈並行操作〉を始めたので、ＭＰをかなり消費していた。でも、幸い村は森の中にあったので、〈森林浴〉のＭＰ回復が使えた。魔力切れの心配はないだろう。

「ふう」

これだけ大勢の治療は初めての経験だった。

一息ついたところで、〈システム〉でここまでの成果を確認する。

《セリム・ベルクマン　男　15歳

求道者レベル：69　次のレベルまでの経験値：6550／7000
MP：4711／8462　治癒スキル熟練：5818　聖属性スキル熟練：308》

いよいよ、あと一息でレベル70というところまで来ていた。

レベル70は特別で、〈クエスト〉の目標点だった。

《レベル上げ：上級　難易度★★★★☆
レベル70になると、魔人の力の温床である闇の穢れを浄化できるようになります。レベルを上げましょう》

今〈並行操作〉で治療している重症者が完治すれば、目標レベルに到達できるだろう。このまま順調に全員を助けられるといいな。


日が暮れる。

しかし、村は病人だらけで、夕食の支度も十分にできていなかった。

ヴァレリーがお菓子の入った袋をギルベルトに渡した。

「村の子どもたちに配ってきてください。不安がっている子が多いと思いますので」

細かいこともまでよく気がつくなあ。

ギルベルトとレオは村の子どもを探しに行った。あの二人は患者の横でジッとしているのが苦手そうだったし、ちょうどよかった。

俺の傍には、ヴァレリーとカティアだけが残った。

「公子も、お食べください」

ヴァレリーからチョコレートをもらう。

口に含んでニコニコしていると、二人にほほ笑ましそうに見られた。

「それにしても、不思議ですね。公子の治癒魔法で、怪我の治療ならどんな損傷でもあっという間に復元されるのに、病気の治療は手間と時間が掛かって」

と、ヴァレリーが疑問を口にした。

俺の〈治癒スキル〉は病気の治療の場合、〈免疫操作〉で本人の抵抗力を使い、時間をかけて治すしかなかった。一方で、怪我の〈再生治療〉は一瞬で完治する。なぜこうも差が出るのか、俺も何度も不思議に思ったことだった。

「多分だけど、俺の治癒能力では、異物を取り除くことができないんだと思う」

「異物？」

「アマンダに薬学を習っていたときに知ったことだけど、こういう食中毒や病気は、身体に悪い毒や細菌が入って起こるんだ。俺の治癒能力で身体のダメージを回復させることはできるけど、異物自体は取り除けないらしい」

でも、人間の身体には、もともと悪いものを排出する作用がある。その効果を高めているのが、

〈免疫操作〉ということらしい。ただ、病気の原因によっては、処理できず身体に残るものもある。

だから、俺の〈スキル〉で全ての病を治せるわけではなかった。

まあ、あのミラクル〈再生治療〉に比べて、病気の治療だけ遅いって、やっぱりバランスがおかしいとは思う。〈スキル〉は借り物だから、貸し主の力との相性とか、他に何か原因があるのかもしれない。

「なるほど。公子の治癒魔法は、人間本来の自己治癒能力を強化するようなものなのでしょうね」

頷きながらヴァレリーが話をまとめた。

「……今ので理解できるのか。ヴァレリーはすごいな。私にはさっぱり」

俺とヴァレリーが話すのを聞いていたカティアが嘆息した。

「私が一番、公子の治療を近くで見てきたはずなのに」

カティアは護衛として、俺の治療活動に常に同行してくれていた。

「気にするな。いつも連れ回してすまないな」

「いえ、公子のお役に立てるのが私の――」

話している途中で、急に、カティアの顔に緊張が走った。

「まずいです、影が!」

その言葉とほぼ同時に、カティアとヴァレリーの影が、ぐにゃぐにゃと歪んでいった。

「闇魔法!?」

影から飛び出した二体の魔人が、二人に襲い掛かる。

二人の身体から、激しい血しぶきが上がった。

傷が深い。これでは、即死だ。

とっさに、身体が動いていた。

「〈再生治療〉！」

俺のＭＰは、村人の治療で半分以下に減っていた。そこから、二人の重傷者の治療のような魔力の消耗の激しい大技を使ってはならないというのは、戦闘訓練の初歩の初歩で叩き込まれることだった。魔力が枯渇すれば気絶してしまい、敵の前で意識を失うことは死を意味するからだ。

だが、思わず発動させてしまった〈再生治療スキル〉は、対象を完全回復するまで俺のＭＰを搾り取る。

〈スキル〉を使った瞬間、俺の意識は暗転した。強敵を前に失策もいいところだ。

……薄れる意識の中で、俺を「大馬鹿野郎」と罵る前世の歪んだ自分の顔を見た気がした。

地面がガタゴトと揺れている。気分が悪い。
「公子……セリム公子……」
薄っすらと目を開けた。
真っ暗だ。

「……うぅ」

頭が痛い。魔力切れのまま、十分回復せずに目が覚めたな。

でも、生きている。

床の振動が激しい。荷馬車か何かで運ばれているようだった。この扱い、味方に救出されたのではないな。敵に拉致されたか。

荷馬車の中は血の臭いが充満していて、真っ暗だった。荷台全体が、布か何かで覆われているらしい。

内ポケットに入れた懐中時計には、付与魔法でライトがつく細工をしていた。取り出したいが、両手を後ろで縛られていて動けない。その縄は、身体強化を最大にしても切れなかった。

——もしかして……。

俺は〈システム〉画面を開いてみた。〈システム〉画面は光る文字が浮かぶ板のようなものなので、ライト代わりになると予想したのだ。しかし、

——ダメか。

残念なことに、〈システム〉の光は周囲をいっさい照らさなかった。俺以外に見ることのできない画面は、外部環境に影響を及ぼさないらしい。

ただ、画面の文字だけは鮮明に見ることができた。

《大怪我の再生治療をしました。経験値が上がります。経験値が1000加算されました。

大怪我の再生治療をしました。経験値が上がります。経験値が1000加算されました。

レベルが上がります。

現在のレベル：70　現在の経験値：1550／7100
新着メッセージがあります。

新しいスキルを獲得しました》

〈システム〉画面には新しい情報が大量に並んでいた。

気絶間際にカティアとヴァレリーの治療をしたことで、レベルが上がっていたらしい。

レベル70。このタイミングで、〈クエスト〉の目標でもあった大台に乗った。今までと同じなら、レベル10ごとに獲得する〈スキル〉とクエスト報酬とで、二つの〈スキル〉が手に入っているはずだ。


俺は確認を続け、〈メッセージ〉を表示させた。

《メッセージ（未読4件）》
《クエストを達成しました（☆）
おめでとうございます。レベル70になりました。レベル上げ（上級）を達成しました。報酬として、浄化スキルを獲得しました》
《浄化スキルを獲得しました（☆）

浄化スキルを使うと、悪魔の力の温床となる闇の穢れを消し去ることができます》
《メインクエストが更新されました（☆）
闇の発生源を探せ　難易度★★★★☆
どこかで悪魔が闇の穢れを集めています。これは魔人の力の源となるものです。探し出して浄化してください》
《聖守護結界スキルを獲得しました（☆）
聖守護結界は、生物の身体を膜状に覆う聖属性結界です。味方に使用すると、闇属性の攻撃から守ることができます》

新しく獲得した〈スキル〉は、〈浄化〉と〈聖守護結界〉か。

俺は、先ほどどうしても切れなかった自分を拘束する縄に対して、試しに〈浄化〉を使ってみた。するど、身体強化ではどうにもならなかった拘束が弱まり、縄から抜け出すことができた。

——なるほど、闇属性の魔力で動きを封じられていたのか。

闇属性魔力は、人間の使える四大属性や生命エネルギーに対して圧倒的に強い。闇属性に特効のある〈聖属性スキル〉を新しく得られたのは、不幸中の幸いだったな。

続いて、俺は内ポケットを探り、目的の懐中時計を取り出した。付与魔法のライトで周囲を照らす。

「公子、目覚められたのですね！」

近くでカティアとヴァレリーが縛られていた。

「〈神眼〉」

二人を縛る縄も、闇魔法で強化されていた。再び〈浄化〉して、縄を切った。

「ありがとうございます。公子、お身体の具合は？　怪我などされていませんか？」

弛まった拘束に、ガサゴソと音がしてカティアとヴァレリーが起き上がった。でも、闇の中、俺がわずかな魔力で灯した懐中時計の光は弱すぎて、二人の状態を詳しく確認することはできなかった。

「俺は大丈夫だ。ただ、ＭＰが少なくてな。カティア、ヴァレリー、悪いが火魔法で灯りを出してくれないか？」

光を出すと敵にバレそうだが、馬車全体を覆う幕にも、闇属性の気配があった。外からの光を全て闇魔力に吸収される代わりに、この魔法の構造だと、内部の光が外に漏れることもないだろう。〈浄化〉に使えるＭＰも少ないし、馬車を囲う闇魔法はしばらくこのままにしておこうかな。

カティアとヴァレリーが魔法を使うと、二人の姿をしっかり確認できるようになった。

「ありがとう。二人とも生きていてよかった」

ヴァレリーの怪我は、倒れる前の俺の治療でふさがっていた。服は血まみれだけど、彼は大丈夫そうだ。

一方、カティアはかなり負傷していた。無数の切り傷や打撲痕がある。敵に拘束される前に暴れたのかもしれない。全身から血を流していて、普通の人間なら、出血だけで死んでしまうかもしれない状態だった。

「治療はしないでくださいよ」

カティアに近づこうとすると、鋭い声で制止された。

「だが、それでは血を流し過ぎるだろう」

俺のＭＰは一度枯渇したが、今は多少戻っていた。

《ＭＰ：７１１／８４６２　治癒スキル熟練：５９０３　聖属性スキル熟練：５８１》

馬車は深い森の中を移動しているらしい。周囲からどんどん生命エネルギーを受け取れていた。カティアに〈簡易治療〉を使う程度であれば、気絶しないはずだ。

「見た目が酷いだけです。大きな傷は身体強化で治していますし、これでも剣の腕で生きてきた身です。この程度で倒れるほどヤワではありません」

「そうか」

カティアは強い口調で俺の治療を拒んだ。

「……敵の狙いは、セリム公子を連れ去ることだったようです。どうして我々まで、生きたまま連れてこられたか、分かりますか？」

さらに、彼女は鬼気迫る表情で俺に問うてきた。

「先ほど、公子が迷わず我々を治療されたから、弱みになると思われたんです。公子を脅すのに、我々が利用できると」

彼女は拳を握りしめ、鬼の形相でいくつもの傷から血を流す。

「我々は足手まといです。何かあれば我々は先に自害します。いいな、ヴァレリー」

カティアがヴァレリーを見ると、彼は無言で頷いた。

カティアから激しい憤りの感情が伝わってくる。俺に怒っているように見えるが、護衛として主人を守れなかった自分自身への怒りが本質なのだろう。

一方のヴァレリーは何の感情も見せない。戦闘能力の低い彼にとっては、冷静さを保って動かないことこそが最善手だというように、静かに座っていた。

二人の覚悟を前に、俺は言葉を失う。

俺は、静かに〈森林浴〉を使うのに集中する他なかった。MPを回復しないことには、何もできないのだから。

——こうも立て続けに色々あると、感情がぐちゃぐちゃになるな。

でも、あまり悲観的にならない方がいい。

村にはレオとギルベルトもいたのだ。彼らが俺の救出に動いているはずだ。

それに、俺は魔人に対し特効のある〈聖鎖結界〉を持っている。〈聖鎖結界〉は〈治癒スキル〉と違って燃費が良いから、今のMPでも時間稼ぎ程度はできる。

レオとギルベルトがすぐにこちらに追い付けていないのは、魔人が複数体で足止めしているからだろう。だが、敵も勇者レオをいつまでも抑えてはいられないはずだ。いずれ助けは来る。

幸い、新しく獲得した〈スキル〉も、すぐに役立つものだった。

闇を打ち消す〈浄化〉と、闇の攻撃から味方を守る〈聖守護結界〉。この二つがあれば、悪魔からカティアとヴァレリーを守れる。

――不安要素はむしろ、敵が人間だった場合かもな。

上位貴族クラスの人間の魔術師と戦うには、今の俺はＭＰが少ないし、カティアは血を流し過ぎていた。

――でも、何にしろ、このままやられっぱなしでいてたまるか。敵がこれだけ大規模に動いたんだ。悪魔の勢力を大きく削（けず）るチャンスでもあるはずだ。

などと思考を巡（めぐ）らせていると、ふいに馬車が止まった。

「縄を掛け直します。縛られているフリをしてください」

俺の耳元でそう言うと、カティアは切っていたロープを素早（すばや）く結びなおした。

セリム・ベルクマン公子が村人の治療のために王都を出て南へ向かったという情報は、すぐに各勢力に伝わった。

セリム公子は自分が現在、どれだけ重要人物になっているのか理解していなかった。

諜報員（ちょうほういん）たちは公子が連れ去られたことを把握（はあく）し、即座（そくざ）に王都に急報をもたらしていた。

「未来の王婿が拉致された。私自ら助けに行く！」

王宮からは、ラファエラ王女が精鋭を引き連れて城を出た。

「セリム公子の救出に、王女が動かれたそうです」

「負けてられないわね。私たちも行くわよ！」

ルヴィエ侯爵家からは、ナディアと二人の学友が、公子を助けに急行する。


そして、食中毒のあった村の外れでは、勇者レオとギルベルトが三体の魔人と戦っていた。

「ファイアーボール」

レオは巨大な火魔法を一体の魔人への牽制に使い、その間に別の魔人に斬りかかった。だが――。

「ちょっちょっちょーっと、村を燃やす気かよ、レオ君」

魔人二体と剣で渡り合うレオに向かって、ギルベルトが大声で抗議した。

「ギルベルト、村の守りは任せろと自分で言ったじゃないか。セリムはこの程度、氷の結界で軽々と止めてたぞ」

「公子と一緒にするなっ。氷壁結界なんて、ベルクマン家臣で使える人材は十年に一人いるかいないかだよ」

「そうなのか。……善処する」

そう言ったレオだが、その後も容赦ない魔法と剣技で魔人を追い込みながら、同時に周囲へもダメージになりかねない魔法や衝撃波を放ち続けた。

「物理結界……魔法結界……魔法結界……」

ギルベルトはそれを必死に防いで村の安全を守る。彼は自由に戦える場面では剣技ばかりを披露していたが、実は結界魔法もかなり使えた。ベルソン子爵家というベルクマン領の重要砦を守護する一族に生まれた彼は、子どもの頃から砦を守る防衛能力を鍛えられていたのだ。

「魔法結界……ぐっ……もう少し加減して戦ってくれよ」

ギルベルトにとって腹の立つことに、レオは彼の限界を見極めて防衛を任せ、ギリギリで村の安全を確保しながら戦っていた。

もっとも、三体の魔人を急いで処理してセリム公子の救出に行かなければならないレオに、村の建物を一つも壊さず戦えというのも酷な話だ。彼らは村人のいる民家からできるだけ距離をとり、何とか被害が出ないように戦っていた。

――それにしても、鬼のような強さだよなあ。

ギルベルトが見ている前で、二体の魔人が次々と切り刻まれて消滅していく。レオは恐ろしく強かった。

――でも、人使いが荒いし、怖いし……。

レオは強く勇敢で、まさしく勇者だった。

だが、同時に、勇者でしかなかった。

彼は王でも貴族でも救世主でもない。正義心はあるが、彼にできるのは目の前の明確な悪と戦うことだけだ。

セリム公子は自身への罪の意識から、彼の前世で見た王国の破滅を自分の責任にしがちだった。しかし、破滅の原因は複数あった。

勇者が勇者でしかなかったこと、直接姿を現さず人を誘惑する異界の悪魔に対抗するのに、個の力を誇るだけの勇者が適さなかったことも、一因ではあったのだ。

――やっぱ、公子がいないときっついわ。セリム公子、すぐに助けに行きますからね！

ギルベルトは減り続ける魔力に汗をかきながら、必死に結界を張り続けた。その彼の前で、レオ渾身の火炎魔法が炸裂する。

無尽蔵の魔力を誇る魔人を瞬間的に上回る魔力を放出して、ついにレオは三体目の魔人を消滅させた。

「やった……」

「村を守って戦ったせいで時間がかかったな」

ボソリとレオが言った。

ギルベルトは、「村を守ってたのは俺だろ」と思ったが、それは言わなかった。代わりに、

「村人が犠牲になりでもしたら、公子が悲しむだろ」

と言って、軽くレオを睨みつけておいた。

レオとギルベルトの活躍で、村人たちは魔人に殺されることなく生き延びた。

しかし、二人は一息つく間もなく、次の戦いに向かわなければならない。

「すぐにセリムを追いかけるぞ」

と言うなり、レオは自身に身体強化の魔法をかけ、猛スピードで走り出した。その速さは、王国軍の斥候が強化した軍馬で走る速度を上回っていた。

「ちょっ……待って。俺、魔力もうないって」

慌ててギルベルトも走り出す。

彼らはセリム公子を乗せた馬車を追った。

◇◇◇

停まった馬車から外へ出ると、マルク・サルミエントが立っていた。

暗い森の中の少し開けた草地で、荷馬車を背に立つ俺たちを、マルクを含む十数人の敵が囲む。彼らは正体を隠す気がないらしく、敵の半数以上が教会関係者であることを示す丈の長い外衣を着ていた。

「セリム公子、こういう形で向き合うことになって、残念ですよ」

でっぷりとした腹を突き出して、マルクは勝ち誇った笑みを浮かべていた。

もし、マルクとその周りの十数人が普通の人間だったなら、今の俺の魔力残量で相手取るのは不可能だっただろう。

だが、彼らからは濃厚な闇の気配がした。

俺の勝ちは明白だった。――そして同時に、俺はどうしようもない気分になっていた。

「……王太子の婚約者に、俺が選ばれたことが引き金か」

マルクはサルミエント侯爵の三男で、侯爵位を継げる可能性がほぼ無く、ラファエラ王太子の婿になることを望んでいた。しかし、それを以前から嫌っていた俺に横取りされたと思ったのだろう。

王太子の婚約話を引き金に、マルクの精神は乱され、悪魔につけ込まれたのだ。

マルクの顔は生気を感じさせないほどの土気色になっていた。その中で瞳だけが爛々と輝いている。彼と目が合って、俺は思わず顔を逸らした。

「そう恐れないでください。殺しはしませんよ。ただ、治癒術士として正しく教会で働いてもらいたいというだけです」

魔人化する前と変わらない口調で、マルクは俺に話しかける。前世の俺は魔人になってすぐに暴れ出したが、闇の魔力を使わなければ、しばらく人間に偽装していることもできた。

だが、それも一時的なものだ。魔人化した者の魂は、すでに悪魔の手中なのだ。

「恐れているのは、お前の未来だ。俺に……救いの手立てはないんだぞ」

前世で、マルクは俺の唯一といっていい友人だった。嫌われ者同士、歪んだ価値観の友情だったとしても、俺にとってマルクは友だちだったのだ。しかし、こうなった彼に、俺は何もすることができない。

そんな俺の心情を察することもなく、マルクは終始ニヤニヤと笑みを浮かべていた。

「別れの挨拶に、顔を見ておこうと思いましてね。セリム公子には、聖王国へ行ってもらいます。そちらで治癒術士として活躍してもらいますよ」

　聖王国、教会の総本山か。

　前世で俺が魔人化して王都を滅茶苦茶にしたせいで、教会関係者の多くが絶望して悪魔の誘惑に負けたのだと思っていた。でも、実際は順番が逆で、先に闇に染まった教会を隠れ蓑にして、悪魔が暗躍していたのだな。

「俺を教会に監禁しても、言う通りに治癒能力を使うとは限らないぞ？」

「そこは大丈夫です。教育しなおしますので」

「教育？　闇魔法で洗脳でもする気か？」

「魔法での洗脳は、あまり長くは持ちませんよ。闇属性の本質は、停滞と不活性。貴方の記憶と意志の一部を不活性化して、教会の教義を教え込みます。そうすれば、貴方は立派な信徒となってくれるでしょう」

「そう、うまくいくと思うか？」

「セリム公子はお強いです。認めないといけない。だから、貴方の魔力が回復して暴れられると困るんです。その前に、都合の悪い意識を潰しておきます」

　そうマルクが言うなり、彼の手から闇の魔力が放たれて、黒い霧が俺にまとわりついた。

「ふぅ……」

　俺は大きく息をついて、〈スキル〉を発動する。俺の身体を光が包み、マルクの闇魔力を打ち消した。

「全員、闇属性を帯びていて、助かったよ。〈聖鎖結界〉！」

「ぐわぁぁぁあっ！」

マルクと周囲の十数名が、〈聖鎖結界〉によって拘束された。

魔人となったマルクと普通に戦っていたら、俺はＭＰが十分にあっても勝てなかっただろう。

聖属性は、闇魔力に対して絶対的な性能を持っている。特に〈聖鎖結界〉はＭＰの消費も少なく、〈森林浴〉で補給する分でずっと維持(いじ)していられた。

「すごい。私が抵抗しても全くかなわなかった敵が、こんなにあっさりと……」

カティアが目を丸くして驚(おどろ)いている。ヴァレリーもポカンとしていた。

「これで、終わりなのですか？」

そうたずねるヴァレリーに、俺は首を横に振(ふ)って答えた。

「拘束するので限界だ。あまり魔力は戻っていないんだ」

「では、公子が魔力切れになる前に、私が奴(やつ)らにとどめを刺(さ)しましょうか？」

と、カティアが言った。彼女の怪我の傷は痛々しく、ときどき息が切れていて苦しそうだ。

「いや。結界の維持だけなら続けられる。カティア、レオはどの辺まで来ている？」

カティアは感知魔法で周辺を探った。

「……そうかからず、ここまで来られそうです」

「なら待とう」

〈聖鎖結界〉の維持だけなら今のＭＰでできるが、魔人の〈浄化〉には魔力が足りなかった。カティアもボロボロの状態で、下手な攻撃は危険だ。レオを待った方がいい。

カティアの言う通り、しばらくしてレオが到着した。

レオは身体強化を使って走ってきたらしい。彼の後ろから、ぜいぜいと息を切らして、ギルベルトもこちらへ向かっていた。

「セリム！　無事か!?」

「敵は無力化してある。だが、まだ終わっていない。そこのマルクと、他二人ほどが魔人化している。俺でなければ拘束していられない。……危険な存在だから消滅させてほしい」

手伝ってくれるか？　と俺が聞くと、レオは少し考える仕草をした。

「魔人を殺すと、死体を残さず消滅するよな。マルクが消えると、事件の首謀者を証明できなくなるぞ？」

証拠がないと、サルミエント家はマルクの魔人化を認めないだろう。後が面倒になる。

「だが、高位貴族クラスの魔人はとても危険なんだ。簡単に抑えているように見えるが、解き放てば王都くらい壊滅させかねないぞ」

実際、俺自身が前世で派手にやらかしていた。

「あの、少し待つことはできますか？　こちらに向かう気配がたくさんありますので。援軍が来ていると思われます」

話を聞いていたカティアが教えてくれた。彼女の感知魔法によると、強い魔力を持つ集団が二つ、こちらに急速に接近しているそうだ。

「接近しているのが敵ってことはないの？」

　ギルベルトが警戒する。

「大丈夫だと思います。遠距離なので確定ではないですが、ラファエラ王太子殿下の魔力を感じますので。公子の救出に来てくださったのだと思います」

　王女が来るのか。婚約の話が出たところだったが、どう対応したものか。まあ、王家の有力者が来てくれるなら、後で教会を調べるのには都合が良いな。

「待とう。ただ、カティアの傷が心配だ。村に置いてきた医療道具があればよかったんだが」

「いえ。もう深い傷はふさがっています。問題ありません」

　そう言うと、カティアはまだ俺の護衛を続けるというように、俺の後ろに控えた。


　しばらく待っていると、ラファエラ王女とナディアが、ほぼ同時に到着した。

　婚約者候補の女性二人といっぺんに顔を合わせることになって、俺は内心ドキドキする。

　だが、二人とも俺の無事を確認すると、すぐに敵の方を向いた。

「マルク……」

　ラファエラ王女がマルクを見つめる。マルクは王女の婚約者になるために彼女に近づいて、学園では一緒にチームを組んでいた。思うところもあるだろう。

「……人形王女か。お前には、いくら媚びを売っても無駄だったな。いくら強かろうが、操り人形。

いや、強さも微妙か。ぶっちゃけ、ここにいる他の奴らの方が優秀だろ。まったく、価値のない女を狙って、酷い目にあったぜ」

拘束されていたマルクは、好き放題に暴言を吐いた。

王女が剣を抜く。

「……どうぞ」

俺は一言、王女の背中を押した。

王女がマルクを切り刻んで消滅させた。

「あと二体、魔人だけは今すぐ処断してくれ」

続けて、俺が示した二体をレオが倒した。

「他は、通常の拘束でも問題ない。連行、取り調べは、お任せします」

ラファエラ王女の連れてきた騎士たちが、残りの敵を捕縛したので、俺は〈聖鎖結界〉を解いた。

「……ふう」

俺はさっきまで閉じ込められていた馬車の荷台に、背中を丸めて腰を下ろした。

「大変だったわね、セリム。馬車を手配したから、寝ていていいわよ」

ナディアが近づいて労ってくれる。

「ありがとう、ナディア」

俺はほほ笑む彼女をぼうっと眺めた。すると――。

「馬車なら、王家が用意する。心配するな、安全に送り届けよう」

ラファエラ王女も俺に近づいて、俺を送ると言い出した。

一瞬、王女とナディアの視線がぶつかって、バチリと音がしたような気がした。

俺はＭＰ切れのなか無理に活動を続けた反動で今にも倒れそうなまま、何とも言えない空気に呆然(ぼうぜん)としていた。

「眠(ねむ)いなら、もう寝ててもいいぞ。連れて帰ってやるから」

近くに来たレオまで、俺の運び役に立候補してきた。

「そうだな。レオ、後は頼(たの)む」

王女や他家の貴族に助けられて、本当はしっかり礼を言わなきゃいけない立場なんだけど、いい加減、疲(つか)れてしまった。寝たふりして誤魔化せないかな。

馬車の荷台に座ったまま目を閉じると、俺は本当に、簡単に寝入ってしまった。

闇の発生源を探せ

騒動から一夜明けて翌日、俺が目を覚ます頃には、日が高くなってしまっていた。

昨夜は、寝ている間に公爵家の屋敷まで運ばれていたらしい。

同じ部屋にカティアが待機していたようで、俺が起きるとすぐに声を掛けてきた。

「セリム公子、お目覚めですか。体調は、いかがですか？」

「問題ない。俺はただの魔力切れで、怪我もしてなかったから。それより、お前だ」

俺はジッとカティアを見た。

彼女は服を着替えていて、身体を包帯でぐるぐる巻きにしていた。傷はいずれ身体強化で全部治せるのだろうが、カティアの魔力はそれほど多くない。魔力の回復を待って、まだ治ってない怪我の治療が必要だった。

「〈簡易治療〉」

《複数の傷を治療しました。経験値が上がります。経験値が３００加算されました。

現在のレベル：70　現在の経験値：１８５０／７１００》

「公子！」

カティアは咎めるような眼差しを俺に向けた。

「俺の魔力は回復してる。問題ないだろ」

「……それは、ありがとうございます」

彼女はムスッとした顔で礼を言った。

カティアの機嫌が悪いのは、昨夜、俺が彼女の怪我を治療して、敵の前でＭＰ切れしたせいだ。

昨日の俺は、深く考える前に動いてしまっていた。それくらい、カティアとヴァレリー、二人が大切だった。だが、それで主人に先に死なれたら、護衛にとって地獄だ。俺は善意で、カティアの仕事を否定してしまっていた。

カティアは、俺を守るためなら命を差し出す覚悟ができていた。それなのに、俺自身が自分にそれだけの価値を認めていない。そこが問題だった。

前世の俺は、悪魔に加担して王都を破壊させた大量殺人鬼だ。今まで考えるのを避けてきたが、本来、こうやってのうのうと生きているのがおかしい。だというのに、謎の〈システム〉は、俺に人を救う特別な力を寄こしてきた。俺は、自分を責めて償えるような次元にない罪を犯して、目の前に現れた〈システム〉に従う以外に道がなかっただけなのに。

……でも、カティアも、あのとき何も言わなかったヴァレリーも、俺を支えるために腹をくくってしまっている。だから、俺も厚顔無恥をつらぬいて、それらしく振る舞うと心に決めよう。

「すまなかったな。覚悟の足りない、情けない主人で」

謝ると、俺を睨むように見つめていたカティアの目が真っ赤になった。

「主人に謝らせて、情けないのは私の方です。私が不甲斐ないから、セリム様を危険にさらしたのに」

カティアは俺のベッドの前で跪き、泣き顔を隠すように手で顔を覆った。俺は彼女の髪をそっと撫でた。

「カティアの期待に応えられる主人になるように、精一杯、頑張るよ」

そう言った瞬間、がばっと、俺はカティアに抱きつかれた。

……そういえば、カティアはもともと旅の剣士で、公爵家に雇われたのは俺が生まれてからだったな。クールに見えて感情が豊か。こういう奔放なところは、宮仕え向けに育った人材と違うなあ。

少し震えているカティアの背中をさする。だいぶ、心配させてしまった。

――あれ？　でもこれ、まずくないか？　ベッドで女性に泣きつかれるって、そろそろ〈システム〉が難癖をつけて、経験値をごっそり削ってきそうな……。

カチャリとドアが開いて、ヴァレリーが部屋に入ってきた。

「公子、お目覚めですか？　色々と報告が……」

ヴァレリーは俺に抱きつくカティアを見た。

「お疲れの公子に、何をしているんですか？　カティアさん……」

カティアの顔が真っ赤になる。彼女はばっと俺から離れると、後退りして部屋の壁に張り付いた。

「……状況の報告をしてもよろしいでしょうか、公子」

「あぁ」

何も悪いことはないさ。〈システム〉だって、反応しなかったし！

何はともあれ、事態の把握は重要だ。ヴァレリーから、昨夜俺が倒れた後の話を聞くとしよう。

俺は上着を羽織ると、ベッドサイドのテーブルについた。メイドがそこに、コーヒーと軽食を置いていく。

ヴァレリーは同じ席にはつかない。その辺り、彼は常に徹底していた。

カティアはずっと、壁に張り付いている。顔の赤みは引いたようだ。

「魔人に襲われて、村はどうなった？」

食中毒で皆が倒れたところに、魔人の襲撃を受けた。村人たちが心配だ。

「村に出た魔人三体は、レオとギルベルトが倒しました。村人を保護しながら、うまく戦ったようです。戦闘による死者は出ませんでした。ですが……」

そこで、ヴァレリーは言葉を切って目を伏せた。

あの食中毒は、もともと致死率が高い。それなのに、俺が途中で患者を放り投げた形になったから――。

「公子が先に薬を飲ませて体力を回復させていたので、ほとんどの者は助かりました。ですが、重症だった者が三名、亡くなりました」

「……そうか。一度、村の様子を見に行きたい」

「ダメです！」

奥からカティアが、声を荒らげて話に割り込んできた。無作法を咎めるように、ヴァレリーはチラリと彼女の方を見たが、意見としては、彼もカティアと同じだった。

「公子が直接行かれるのはお止めください。村には王国の騎士が調査に向かっております。悪いようにはしないでしょう」

「……そうだな。分かった」

昨日のことは、俺が行ったせいで、村人が巻き込まれた面もある。自重しておこう。

「ご心配なら、公子が王都で薬学を習っている先生に、村への往診をお願いしてみます」

「いい考えだ。よろしく頼む」

俺の代わりに冷静に対処してくれるヴァレリーが心強い。

「公子が普段なさっていた王都の民の治療も、しばらくは患者の方を屋敷に連れて参りましょう」

「分かった」

これ以上、誰かを巻き込みたくない。

「ヴァレリー、ありがとう。昨日は苦労をかけたな」

ねぎらうと、彼はほほ笑んだ。

「公子に守られた命です。自分のできることで、公子をお支えしてまいります」

うん。頼りになるよ、ほんと。

午後になると、ナディアから見舞いに行きたいと連絡があった。

了承すると、すぐに彼女はベルクマン邸にやって来た。

ヴァレリーがナディアを客室に通す。

部屋には他にレオとギルベルト、カティアもいて、皆で昨夜の話を整理することになった。

「それじゃあ、昨日の犯人の情報をまとめるわね」

最初にナディアが話し始めた。

「昨夜、セリムが捕まえた者たちは、皆、教会関係者だった」

「そうか」

俺の治癒能力が目的だったみたいだもんな。

「公子が気を失われた後、王国の騎士に事情を聞かれて、私が代わりに答えておきました。我々が昨日マルク卿と話した時、彼がセリム公子を聖王国に連れて行くと言っていたことを伝えました。優秀な治癒術士を確保しようとして、教会が暴走したと、王国は考えているようです」

と、ヴァレリーが付け加えた。

「王国は調査団を作って、王都の教会を徹底的に調べるつもり。教会を潰す勢いでやるでしょうね。王権にとっては、外国に本山がある教会なんて、もともと邪魔者だから。これを機に、聖王国から国内の教会を切り離す気かもね」

「そうだな。ナディアの言う通り、野心家の国王は、ここぞとばかりに教会の自国支配を狙ってきそうだ。だが、俺も当事者として、一度教会の内部を見ておきたい」

教会は〈神眼〉を使って調べるべきだ。レベル70になった時の新しい〈クエスト〉にも、それらしいヒントがあった。

《闇の発生源を探せ　難易度★★★★☆
どこかで悪魔が闇の穢れを集めています。これは魔人の力の源となるものです。探し出して浄化してください》

　前世で俺が魔人化して暴れたときに使った大量の闇魔力。当時の俺は、あの魔力を無尽蔵に湧き出る力のように感じていたが、実際は、悪魔たちが入念に準備して溜め込んだ力だった。

　教会内部に、〈闇の発生源〉とやらがある気がする。昨日の事件には、魔人が六体も関わっていた。魔人へエネルギーを供給する拠点があったはずだ。

「そうねぇ。でも、王家は他貴族の介入を喜ばないと思うわ」

「ああ、そうだな。王家は教会を封鎖して、自分たちだけで都合よく調べたがっているだろう。……俺たち地方貴族は邪魔者だな」

「被害者のセリムが教会の問題に立ち入れないのも変な話だけどね。でも、うまくやらないと許可が下りるまでに時間がかかると思うわ。うーん……対策として、ラファエラ王女に依頼するといいんじゃないかしら。セリムと王女の婚約の話が出ているところで、無下にはできないでしょう」

「なるほどな。縁談は王家側からの提案だし、俺の機嫌をとるために、ここぞとばかりに優遇してくれそうだな。でも……」

ナディアの口から、王女に頼れという言葉を聞くとはなあ。ナディアとも、婚約の話が出ていたんだけど……。

気になって彼女に視線を向けると、ジッと見返された。

「これはどう見ても重要な局面。手段を選んでいられないわ。教会の問題の解決に集中しましょう」

俺はナディアの言葉に頷いた。昨日からいろいろありすぎて混乱しているけど、冷静に一つずつ対処していきたい。悪魔による王都陥落の未来を阻止するために、ここが正念場なのだから。

「ありがとう、その手でいく」

それから、俺は部屋にいる皆の顔を見回した。

ナディア、レオ、ギルベルト、ヴァレリー、カティア。

もう一度、ちゃんと謝ろう。

「昨日は、皆に心配をかけた。初動で俺がヘマをしたせいで、大変な事になって、すまなかった」

謝罪すると、意外なことに、真っ先にレオが言葉を継いだ。

「セリムを守れなかった落ち度は俺にある。戦闘力でセリムの力になるために存在した俺が、セリムがあっさり無力化していた魔人を倒すのに手間取った。正直、情けない」

心底悔しそうなレオを見るのは、前世も含めて初めてだった。彼は、夏休みに俺の父と辺境の魔物を狩って強くなっていたが、まだ前世で俺を消滅させた時の強さには届いていなかった。

「セリム。昨日、魔人たちを拘束していた魔法を、もう一度見せてくれないか?」

〈聖鎖結界〉のことか？　――ああ、そうか！　前世の俺が死ぬ間際、レオの剣は魔人の俺にとって嫌な光を放っていた。あの時のレオは聖属性を使えたんだ。

　レオは以前、複合魔法を見ただけでコピーしていた。コピーで聖属性を身につけることもできるのだろうか。だが、〈聖鎖結界〉はスキルだ。俺自身には、どうやってマナを聖属性に変換しているのか、さっぱり分かっていない。理屈で教えられない以上、見て覚えてもらうしかなかった。

「魔人に対抗するのに必要なのは、聖属性という属性魔力だ。口では説明できないから、昨日使った結界を直接お前にかけてみる。普通の人間には害のないものだ。感知するのも難しいぞ」

「了解した。やってみてくれ」

　レオに〈聖鎖結界〉を使う。

「……なるほど。ちょっとそのまま続けていてくれるか？」

「分かった」

　しばらく結界を維持していると、レオが右手の指先に、聖属性らしき魔力を集め始めた。

〈神眼〉で確認すると、小さな光がレオの指に集まっている。

「体内のマナを聖属性に変換できたみたいだな」

「ああ。だが、次の問題として、俺は結界魔法が苦手だ」

「そういえば、レオは手合わせのときも結界を使わずに避けるか剣で弾いていたな」

　そう俺が言うと、ギルベルトが深く頷いて、

「そうそう。だから、昨日の戦闘で、村を守ったのは俺なんですよ。レオ君も敵も好き勝手暴れ回

るし、俺が防御結界を使ってなかったら今ごろ村は滅茶苦茶になってたんですよ」

と、自分の手柄をアピールしてきた。

「そうか。ありがとう、ギルベルト」

俺が礼を言うと、ギルベルトの表情がパッと明るくなった。見えないデカい尻尾をブンブン振ってそうだな。

「……ちょっと脱線してるけど。レオの場合は、剣に属性を付与して使う方が、やりやすそうね」

ナディアが自分の剣、リヴァイアサンにもらったクリスタルの剣をレオに差し出した。

「大事なものだから、貸すだけね！」

レオは受け取ると、剣に魔力を流した。

クリスタルの剣が虹色に光る。四大属性に聖属性を加えると、虹色になるらしい。

「すごい……」

リヴァイアサンが支援していた時と同じくらいの光が出ていた。これが勇者の力か。

「ありがとう。今のでかなり理解できた」

レオがナディアに剣を返す。レオにも属性付与に向いた剣が必要になったな。リヴィアン島でもらってくるか。いや、あの海龍、レオは男だから嫌がりそうだなあ。

そんなことを考えていたら、客室のドアが開いて、大きな熊みたいな男が入って来た。

「面白そうなことをしているな」

上機嫌の父だった。強い者が大好きな彼は、レオの属性剣の魔力を感知して様子を見に来たらしい。

「息子たちが悔いの残る戦いをしたと聞いて、鍛えなおしてやろうと思っていたが、自分たちで解決策を見つけるとは。なかなか成長したものだ」

と言って、彼は腰に帯びていた剣を、レオの前に差し出した。

「属性魔力を帯びさせるなら、それなり以上の剣が必要になるだろう。これを、お前に譲ってやる」

受け取ったレオがその剣に魔力を流すと、クリスタルの剣ほどではないが、虹色の魔力が刀身を包んだ。

父は火属性をまとわせた剣をよく使っていたので、属性付与に相性の良い剣を持っていたようだ。

ひとまずレオの剣はこれでいいな。どこかのタイミングで、レオ専用の剣をこだわって作りたいけど。

「セリム公子、ちょっといいかしら？」

と、ナディアに声を掛けられた。俺の父、ベルクマン公爵の前なので、彼女の言葉遣いが余所行きになってる。

「はい、何でしょう？」

「レオ様がこれだけあっさりと聖属性魔力を発現したのを見ると、私も試してみたくなりましたわ。公子、私にもその聖属性結界を、かけてみてくださらないかしら？」

「ああ、そうですね……」

そういえば、リヴァイアサンが彼女にクリスタルの剣を渡した時、ナディアは鍛えれば聖属性を出せるようになると言ってたな。

「それなら、私にも頼めるか？　聖属性というのは使ったことがないから、興味がある」

父にも〈聖鎖結界〉をかけるように言われた。

なるほど、聖属性を使える魔術師が増えれば、悪魔に対抗するのにかなり戦力を増強できるよな。

「この際です。この場にいる全員に使ってみましょう。〈聖鎖結界〉！」

俺は全員に向けて〈スキル〉を発動した。これで魔人に対抗できる戦力を増やせるなら最高なんだけど。

しかし、そう甘(あま)くはなかった。

「えっと……公子、これ、ただの弱い拘束結界じゃないですか？」

ギルベルトが首を傾(かし)げる。

「やっぱ、そう思うよな」

実は〈スキル〉を使っている俺自身にも、同じように感じられていた。〈聖鎖結界〉は結界魔法に聖属性魔力を編み込んだものらしいのだが、聖属性は目に見えず感知しにくい。普通の人間にとって〈聖鎖結界〉は、簡単に破れる弱い結界にすぎなかった。

「本で読んだ知識によると、聖属性に適性のある人が聖属性魔力に接すると、何となくキラキラして見えるとか、近くにあると心が穏(おだ)やかになるとか言うらしいぞ」

「えーっと……全く変化を感じられません」

ギルベルトは情けない声で言った。

「そう嘆くな。レア属性なんだから、分からない方が普通だぞ」

俺も〈神眼〉を使わないと全然分からないから、本当はギルベルトと同類だ。〈システム〉は治癒スキルと聖属性スキルに熟練値を設定してたけど、あの熟練がゼロの状態だと、俺は治癒魔法も聖属性魔法も苦手なタイプだったんじゃないかと思う。スキルのMP効率が明らかに悪かったし。

「……さっぱりだ。私には向いてないようだな」

そう言って、父はあっさりと諦めた。習得の難しい属性だから、さっさと見切りをつけるのも間違ってないだろう。

「……俺も、無理そうです」

「すみません、私も……」

ギルベルトとヴァレリーも早々にギブアップした。

一方、ナディアとカティアは、必死に何か掴もうとしている。

ナディアは、リヴァイアサンの言う通りだとすると、いずれ習得できそうだ。カティアの方も、感知魔法が得意だし、可能性はあるのかもしれない。

「セリム公子、これからしばらく、顔を合わせるたびに聖属性魔法を使っていただけないかしら？」

「私もお願いします。今までに二度も、魔人に後れをとる体たらく。次は先手を取ってみせます」

「分かった」

二人の訓練に、しばらく付き合うことになった。

◇　◇　◇

ラファエラ王太子に面会を申し込むと、翌日の午後に王宮に来るように言われた。行ってみると、宮殿内の温室に通された。

アーチ形のいくつもの大きな窓から、昼の暖かい日差しが差し込んでいる。季節外れの花盛りを迎えた花々に囲まれたテーブルで、俺は王女と向き合った。

「セリム公子、よく来てくれた」

「急な面会のお願いに応えていただき、ありがとうございます、王女」

王女の日中用のドレスは水色の生地にピンクの大きなリボンがついたもので、ハニーブロンドの彼女のふわふわとしたツインテールも、同じリボンで飾られていた。それは小柄で可愛らしい王女によく似合うものだったけれど、彼女の顔はいつも通りの無表情だ。

――俺のこと、どう思われているんだろう。急に俺が彼女の婚約者候補になったのも、彼女の意志じゃないだろうし。

王女の本心も分からないまま、どうお願いを切り出すかと考えていると、にわかに温室の入り口が騒がしくなった。

豪華な服を着た重役らしき人々が、ぞろぞろと温室の中に入ってくる。その中心にいるのは、黒髪で痩せ型の男性。あれは――。

「国王陛下！」

慌てて席を立って礼をする。

「気にせずくつろいでくれ」

と、国王はフランクな調子で俺に言った。

王が来ることも、予定のうちだったのかもしれない。二人で座るには大き目だったテーブルに、すぐに椅子が一つ追加された。

再び席に着くと、王の連れてきた臣下たちは部屋の壁際にずらりと並んで立った。

何とも落ち着かないお茶会だが、給仕たちはお構いなしに、宝石細工のようなケーキや焼き菓子を次々とテーブルの上に並べていく。そして仕上げに、透明なティーポットに入った、鮮やかな花が浮かぶお茶が運ばれた。

「セリム公子が来ると聞いて、ラファエラが自ら茶と菓子を選んだ」

国王の言葉に、王女が小さく頷いた。

これ、王女の好みなのか。調度品もお菓子もお茶も、随分と可愛らしい趣味をされてたんだな。

「わざわざありがとうございます。華やかで良いですね」

俺はお愛想を言って、ティーカップに口をつけた。

彼らの機嫌を損ねないようにして、王都の教会を調査する許可をもらわないといけない。

ヴァレリーとカティアを供に連れてきていたが、彼らは別室待機だ。俺一人で交渉なのである。

「やはり公子には、こういうデザインも似合って良いな」

茶を飲む俺を見ながら、ラファエラ王女は満足げに言った。

……これほどピンクまみれでメルヘンなものが似合うと言われてもなあ。まあ、ウチの父親などに参加させたら大事故だったろうし、それよりはマシか。

「ああ。公子の外見は、優美で女性に好まれそうだ。しかし、学園ではうちの娘をおさえて、対抗戦の一位を取り続けているそうだな」

ふんわりした雰囲気で進めるのかと思ったら、横から国王が棘のあるひと言を発した。

「あれは、たまたま、仲間に恵まれただけです」

「ふん、まあ良い。それで、今日娘に会いに来た用件は何だ？」

国王と交渉するより、王女に頼みたかったんだけど……。ここで言うしかないか。

「教会を大々的に調査されていると伺いました。私も一度、王都教会の内部を見てみたいと思いまして」

「ほう。公子は、今回の事件の直接の被害者だったな。だが、教会については、問題が大きくなり過ぎた。処分を決めるまで、情報の流出を抑えたいのだ」

案の定、国王は外部貴族が教会に絡むのを嫌がった。

「そこを何とか。私一人だけでも、教会内部を見せていただけませんか？」

「そうだな……公子は治癒術士だったな。教会が秘してきた治癒魔法に興味があるのか？」

「それもあります」

「公子の治癒能力は、聖王国に一人だけいる、あらゆる怪我と病を治す術士にも並ぶとか。その力、この目で直接見てみたい」

と王が言うと、すぐに奥にいた召使いが反応して、一人の杖をついた男を連れてきた。――準備がいいな。最初から俺を試すつもりだったのだろう。

「その男は、左足を魔物に食われた。だが、今も騎士団の中隊長として活躍してくれている。もし足さえ治れば、王国のためにさらに力を発揮してくれるのだが」

「かしこまりました。治療いたします」

俺が立ち上がると、近くで治療を見ようと国王と王女も席を立った。

「〈再生治療〉」

怪我人の傍に寄って、〈スキル〉を発動する。

《大怪我の再生治療をしました。経験値が上がります。経験値が１０００加算されました。
現在のレベル：70　現在の経験値：３５５０／７１００》

みるみる再生した彼の健康的な素足に、周囲からどよめきの声があがった。

「すごいな。奇跡のようだ」

と、国王も感嘆している。治療された本人は俺の前に崩れるように跪き、

「ありがとうございます……ありがとうございます……」

と、震えながら繰り返していた。

「ご満足いただけましたか？」

俺がたずねると、

「ああ。教会を調べるのを認めてやる」

と、王は言った。

「ただし、セリム公子一人だけだ。案内と護衛は、王家から出す。ラファエラ、そなたがついていってやれ」

「かしこまりました」

王の言葉に、王女が礼をして応えた。

条件付きだが、教会に入る許可が出た。これで教会内部を調べられるぞ。

◇　◇　◇

時間を少しさかのぼる。

セリム公子から面会の申し込みがあったとき、ラファエラ王女は地下牢にいた。

「ベルクマン公子が治療に向かわれた村に、毒を含む魔物肉を売った行商人を捕らえました」

王女が案内された鉄格子の向こう側には、中年の太った男が一人いた。

彼は王女の姿に気づくと、よく肥えた身体を揺さぶり、もともとは人好きのしただろう顔を必死の形相にゆがめて、王女に許しを請うてきた。

「わ……私は、教会の偉い お方に命じられただけです！　一介の行商人が、国全土に影響力を持つ教会に逆らうなどできるわけがありません。どうか、お情けを……」

唾を飛ばしながら訴える汚い男を見たあと、王女はとなりの騎士に視線を向けた。

「このように言っているが、教会の偉い人とやらは捕まえたのか？」

「はい」

次に王女は、さっきより少しきれいな牢の前に連れてこられた。

中にいた教会関係者の女は、貴族たちに人気の説法者だった。

「ラファエラ王太子殿下、これは陰謀です！　卑しい行商人など、私は会ったこともありません。きっと教会の不祥事を嗅ぎつけて、罪を擦り付けることができると思ったのでしょう」

自己弁護を喚き散らす女の声には、嘘をついている者特有の響きがあった。王女にとって、聞きなれた醜い声だ。

――聞き苦しい。ここで斬ってしまいたいくらいだ。

村では三人死んだと報告されていた。それを悼む声は、この地下牢から一つも聞こえてこなかった。

王女の右手が、剣のそばで震える。しかし、彼女は感情にまかせて振る舞うことが適切でないと分かっていた。

「我が国の大切な臣民が三人も亡くなった事件だ。調査は徹底して行う。神に仕える者なら、取り調べには正直に答えておけ」

それだけ言うと、王女は容疑者に背を向けた。

「調査は順調に進んでいるのか？」

王女は案内の騎士にたずねた。

「王都中心部の教会で、強制捜査を行っております。何せ大貴族の、それも希少な治癒魔法使いの拉致事件です。国王陛下からは、どんな妨害にあっても徹底的に調べるよう命じられました。しかし、それを察してか、王都教会トップの大司教はすでに逃亡済みでした。逃がしたのは残念ですが、そのため教会からまとまった抵抗を受けることもなく捜査を進められております」

「そうか」

「膨大な資料と参考人を押さえたので、全て把握するのは大変で、今後は書類仕事が増えそうですよ」

と、その騎士はぼやくように付け加えた。

「…………」

国王の関心は、いかに教会を締め上げるかという点に集中していた。

――村人を殺した者の裁きは、私が見届けねばならないな。

と、王女は思う。

学園でのラファエラ王女は、取り巻きの悪行のせいでセリム公子を含む地方貴族から距離を置かれていた。だが、本人はいたって真面目な性格をしていた。

王女は地下牢を出ると、生垣の続く庭園を歩いた。王宮の敷地は広い。犯罪者を収容した場所から王族の生活区域までは、特に距離があった。その間をつなぐ庭の生垣は、一見迷路のようにも見えたが、宮殿の上階から見れば美しい幾何学模様になるよう設計されていた。そこへ――。

「こんなところにいらっしゃったのですか！」

と、側近の一人が駆けてきた。

「王女、ベルクマン家のセリム公子から面会の申し込みがありました。彼は王女と個人的にお話がしたいそうです。ベルクマン公爵には縁談を保留にされましたが、セリム公子本人がその気になれば、公爵を説得できるかもしれませんよ」

若い女性の側近は、恋愛事に目がないらしく、ウキウキとして言った。

「準備がありますので、すぐに来てください」

彼女は一大事というように王女を引っ張り、急いで宮殿の一室へと連れていった。

清潔な明るい部屋。

そこには、先の側近と同じように目を輝かせた侍女たちが待ち構えていた。

王女の目の前に、美しい茶器と、色とりどりの菓子、さまざまな香りの茶葉が並べられる。どれも選りすぐりの品ばかりだ。

「明日、セリム公子に出す品をお決めください」

「公子の好きな紅茶の銘柄は、誰か分かるかしら？」

「王女、果物のケーキをお出ししましょうよ。冬場に色とりどりの果実を手にできるのは、広い温室を持つ王家だけですもの」

　女たちは、まるでそれがこの先の王女と国の行く末を決めるとでも言わんばかりに、滅多に見せない真剣さであれやこれやとよく口を動かしていた。

　ラファエラ王女が可愛らしいカップを手に取るたびに、彼女たちはしきりにそれを褒める。

　昨日は、多くの村人が苦しみ、亡くなった者もいた。

　惨劇の翌日、華美な茶器にはしゃいでいる者たちは、地下牢で見てきた奴らと同類のように王女には見えた。


　茶会の翌日、教会の見学に付き添う約束で、ラファエラ王女はセリム公子を迎えに行った。

　ベルクマン公爵邸の門の前に馬車を停めると、玄関からセリム公子が出てきた。

　王都の高い地価をものともせず、公爵邸は庭が広い。ラファエラ王女が待つ馬車の前まで公子が歩く間に、庭木の下にいたリスが彼の足元をぐるぐる回り、小鳥が彼の肩にとまった。公子はそれが当たり前のように、「今日もにぎやかだな」と呟いて、足元のリスを踏まないようにやさしく歩いた。

　彼が馬車に乗り込むと、小動物たちは行儀よく門の前で止まって、公子を見送った。

「あのリスは、セリム公子が飼っているのか？」

「いえ。なぜか寄ってくるようになって。森に行くとウサギとかもよく来ますよ。不思議ですね」

　そう答える公子の傍にいると、王女は何となく気持ちが安らぐ気がした。

教会の敷地に入ると、祭服を着た者が数名、こちらに駆け寄ってきた。

セリム公子は気にせず周囲を見回して、奥へと進みだした。教会の者が止めようとするのを、王女は騎士たちに防がせる。公子は何か目的を持って歩いているようだった。

彼は主礼拝堂を無視して通り過ぎ、庭の奥にある、もう一つの小さな礼拝堂の中へ入っていった。

礼拝堂の中は、正面に教会の主神の石像があるだけの空間だった。窓のステンドグラスは美しいが、主礼拝堂ほど凝った作りではない。すでに王家の者によって調べられたが、何も出てこなかった場所だ。

だが、セリム公子は迷わず真っ直ぐに石像の前まで進んだ。彼が石像にそっと触れると、たちどころにそれは砕け散った。

砕けた石像は形を失い、真っ黒な霧となって周囲に広がる。教会の関係者が悲鳴をあげて公子に掴みかかろうとするが、騎士たちに取り押さえられた。

「……〈浄化〉」

セリム公子が小声で何か言うと、たちこめる不気味な霧は消え、石像のあった場所の下に、真っ暗な階段が現れていた。

「うっ……」

突然、嫌な臭いが鼻を突いた。この下は下水道か何かだろうか。

公子が迷わず階段を下りて行くのを、王女たちは追いかけた。小さな魔道具の灯りを頼りに進む騎士たちの顔は強張り、唇が青くなっている者もいた。魔物の潜む暗い沼地に入っていくような気分だと、王女は思った。

階段を下りきると、いくつもの檻が並んでいた。その中には、干からびた人間や、白骨。死にかけて倒れているが、まだ生きている者もいた。

「こんなものが教会の地下にあるだと⁉」

強い衝撃、怒りと吐き気、理解できないほどの不快感に襲われて、王女は混乱した。

周りの騎士たちも似たような状態だ。

今すぐ城に戻って教会を弾劾しなければならない。このことを公表し、教会関係者に処罰を与え、教会の大本である聖王国に抗議の使者を送るのだ。……いや、それより何より、王女は今、ただただ城に戻りたかった。この場のおどろおどろしい空気を、もう一秒たりとも吸っていたくない。

何かあれば皆が一斉に外へと逃げ出しかねない、そんな中、セリム公子だけは冷静に、さらに奥へと進んでいった。

王女も騎士たちも、ただ王国最高の軍人としての矜持に縛られて、必死に公子の後を追った。そして、奥の行き止まりで、大きな黒い炎が燃えているのを見つけた。

ドサッと音がして、炎に近づいた騎士の一人が急に倒れた。吐き気を催して壁際にうずくまる者もいる。

王女もその黒い炎を見ていると、自分の中の何かを急速に削られていくような気がした。

『……人形王女』

ふと、一昨日、マルク・サルミエントに言われたことを思い出した。

——あの男を斬ったのは……快感だった。

力を持ちながら、利己的にしか振る舞えない奴ら。それを、皆、殺したら、世の中はもっと良くなるのではないだろうか。王女は、独りでしばしばする妄想に、にわかにとり憑かれかけていた。

「〈聖守護結界〉」

その時、セリム公子が何かをした。最悪だった気分が、少しマシになる。いつの間にか膝をついていた王女の身体を、公子が助け起こした。

瞬間、ラファエラ王女の瞳には、セリム公子しか映らなくなった。王女を支えるために触れられた彼の手は、とても温かく感じられた。

「ここは、とても危険な状態です。〈浄化〉しますが、協力者が必要です。レオ・ベルクマンを呼ぶことをお許しください」

王女の瞳の中で、公子はキラキラと輝いていた。だが、彼は他に人を呼ぶという。それは同じ学園の生徒で、王女より強い男だった。

「私では力不足か?」

なぜ、そんなことを聞いたのだろう。公子が必要としているのが、戦闘能力とは限らないのに。

「そういう訳ではありません。ただ、これから私の力を使うのに、公爵家の者がいない場で単独で行えば、また家臣を心配させてしまうのです」

「信頼できる護衛か。私では、それになれないと」

「……申し訳ありません」

仕方ない。セリム公子は希少な能力者だ。公爵家がうるさく管理するのも当然だろう。

王女はベルクマン家の者を呼びに、使いを出してやった。

教会の地下で、探していた〈闇の発生源〉を見つけた。黒い炎に凝縮（ぎょうしゅく）された闇属性エネルギーの塊（かたまり）だ。

しかし、困ったことになった。これの〈浄化〉は、一回では無理だ。

〈スキル〉はＭＰの調整がいっさい自由にできない。目の前のこれに〈浄化〉を使ったら、俺はまた魔力枯渇（こかつ）で気を失うだろう。この闇属性の塊に、倒れるまで〈浄化〉を行うには、後のことを任せられる人物が必要だ。

「ここは、とても危険な状態です。〈浄化〉しますが、協力者が必要です。レオ・ベルクマンを呼ぶことをお許しください」

王女に頼んで、レオを呼んでもらうことにした。この場の〈浄化〉は避けて通れない。妨害に備えて、近くにレオを置いておくのが最善手だろう。

王女は少し嫌がる素振り（そぶり）を見せたが、事態の深刻さを考えたのか、すぐにベルクマン公爵邸まで使いを走らせてくれた。

しばらく待つと、レオとカティアが来た。

二人とも覚悟して来たからか、闇の塊を見ても、騎士たちほどの動揺はなかった。

彼らにも念のため〈聖守護結界〉をかけて、俺は〈浄化〉を始めることにした。

「それじゃあ、〈浄化〉する。後は頼んだ」

《闇の発生源を少し浄化しました。経験値が上がります。経験値が1000加算されました。
現在のレベル：70　現在の経験値：5100／7100》

思った通り、そこで俺の意識は途切れた。

この巨大な闇の塊を全て〈浄化〉するには、かなりの時間がかかりそうだ。

セリム公子が浄化を開始すると言った瞬間、カティアは膨大な聖属性魔力を感知した。公子は自分の全魔力を聖属性に変換したらしい。
先日、聖属性の結界を見せられた時は微量すぎて知覚しにくかったが、この量の聖属性魔力を発すれば普通の人間でも気がつく。周囲にいた王家の騎士の中には、わけが分からないまま涙を流し

て祈りだした者までいた。

全魔力を放出して倒れた公子を、カティアは抱きかかえた。そうして向きなおった闇の塊は、しかし――。

「これだけやって、わずかしか削れていないのか！」

公子が浄化できたのは、膨大な闇の力のほんの一部にすぎなかった。

公爵家の血を引くセリム公子の魔力量は絶大だ。その魔力をしても、少ししか浄化できていない。

「セリムの使った魔力の半分以上は、これの周りに封印結界を張るために使われたな」

レオが言う通り、公子は闇の力が悪用されないように、一時的な結界をほどこしていた。一回で浄化できず、闇の力をいつどこで魔人に悪用されるか分からない状況である以上、仕方のない処置だった。

カティアは周囲の王国騎士たちを見回す。彼らを教会から追い出して、公爵家の者でこの地下を警備するのは無理だろう。

「封印はもって三日です。それまでに再び公子がこちらに来られなければ、まずいことになります」

この闇の塊を処理できるのは、セリム公子以外にいない。それを、どれだけの者が理解できるだろうか。

「心配なのは分かるが、ひとまず出よう。セリムを安全な場所で休ませる」

レオに促されて、カティアはセリム公子を抱え、地下を出た。

階段の上にある礼拝堂には、教会関係者が集まっていた。妨害かと思いきや、彼らは涙を流してブツブツと懺悔の言葉を唱えている。公子の聖属性魔力にあてられたのだろう。

教会関係者たちは、公子を抱えたカティアが通り過ぎるのを、手を合わせて見送った。大量のマナを聖属性に変換したせいで、今の公子は神性が強くなりすぎていた。

カティアはごくりと唾を飲み込む。

——この公子を、これから守っていかなければならない。

セリム公子は決して、護衛しやすい人ではなかった。そもそも自分が守られなければならないという意識がない。彼の戦闘能力はカティアよりはるかに高く、むしろ前に出て人を守ろうとする。また、類をみない治癒能力を持っているが、力を使えば、簡単に魔力切れを起こして倒れてしまっていた。

ただ、魔力切れについては、カティアは仕方ないと思っていた。公子の使う人外じみた力は、人間の扱える領分を超えている。そういう力は、神と呼ばれるような上位存在との何らかの誓約を引き換えにして得られるものだ。公子が力を使うのにも、何か面倒な条件があるはずだ。

礼拝堂を出ると、カティアは闇の気配が接近するのを感知した。

「敵です。左右から、一体ずつ来ます」

「分かった」

レオに伝えると、彼はひょいとジャンプして、簡単に礼拝堂の屋根に飛び乗った。そこへ、闇をまとった黒装束の男が接近してくる。レオは一瞬でその男の首を刎ねてしまった。

タンッ……。

次に、彼は屋根から飛び降りると、礼拝堂前の噴水の横で、もう一体の魔人も切り裂いて消滅させた。

──自信がなくなるな。

レオの強さは圧倒的すぎた。彼のせいで、いったい何人の剣士や魔術師が心を折られることになるのだろう。

「もう一人……」

主礼拝堂の影から、大きな闇をまとう魔人が現れた。それは、先の二体とは別格だった。

「サルミエント大司教！」

後ろで、ラファエラ王女が叫ぶのが聞こえた。王女と王国騎士たちも、地下を出たらしい。

「行方不明になっていた王都教会のトップが、こんなところに現れるとはな。王家の取り調べを恐れて逃亡したと思っていたが、まだ教会付近に潜伏していたのか」

大司教はマルク・サルミエントの叔父だった。目の前の魔人は、強さでいっても、魔人化したマルクと同程度だろう。マルクはセリム公子が人を超えた力であっさり封じてしまったが、そうでなければ、カティアとレオが全力で挑んでも勝てないほど強かったはずだ。

そのマルクと同等の力を持つ敵。

しかし、頼みのセリム公子は今、浄化で力を使い果たし、意識を失っている。

──レオに足止めをしてもらって、公子を抱えて逃げ切れるだろうか？

カティアはレオの様子をうかがった。彼に動じた様子はない。

レオが右手の剣に力を込めると、その刀身からブワリと虹色の魔力が溢れた。二日前に試しに見せていたものの比ではない量の魔力が、辺りを威圧する。

「新しく覚えた技を試すのに、ちょうどいいのが出てきたな」

レオが薄っすらと笑みを浮かべて敵に一歩近づくと、魔人がひるんだように見えた。

彼は走り出し、魔人に斬りかかる。

魔人は分厚い障壁で受けるが、それはすぐにレオの剣によって砕かれた。

レオに障壁を割られるたび、次々と新しい壁を出して、必死に魔人はレオの刃を防いでいた。だが、やがてその障壁も出てこなくなった。

「セリムがここの闇エネルギーを使えないように封じたんだ。魔人だって、燃料切れするだろ？」

大司教だった魔人は、レオの剣によって霧になって消えた。

――まったく、恐ろしいほどの力だ。

カティアは昔、長く旅を続けていたが、これほどの強者に会ったことはなかった。セリム公子の陰に隠れているが、レオの強さも異常なものだった。

「待て！」

ラファエラ王女がこちらに駆け寄ってきた。

「状況を説明しろ。地下のあれは何だ？　セリム公子は、何をして急に倒れた⁉」

詰め寄る王女を、レオはあっさりと振り払った。

「説明が必要なら、貴方がたが捕らえている教会関係者に聞いてくれ。俺たちは、後始末をする羽

目になっただけだ」

そう言われて、弁の立つ方でない王女は押し黙った。周囲の王国騎士たちは、レオの理不尽なまでの強さを見せつけられて、彼の王女への無礼を非難することもできないでいる。

レオは王家の者たちを放置してカティアに近づくと、彼女の前で両腕を広げた。

「何です？」

「交代だ。俺にも運ばせろ」

「ダメです。また敵が来るかもしれません。貴方は両手をあけておいてください」

カティアは腕の中のセリム公子をギュッと抱え直した。彼女は大事な公子を猛獣に任せる気にはならなかった。

拒否を口にするのも恐ろしい威圧感のレオを前にカティアが言い切ると、彼はフッと笑って背を向けた。

「なら、しっかり守っておけ」

そう言うと、レオは待たせていた馬車の方へ歩き出した。カティアも彼を追って歩いていく。

セリム公子を守るのは、大仕事だった。

目が覚めると、次の日の午前中だった。気分はスッキリしていて、魔力も充実している。

部屋にヴァレリーを呼んで、冬休みまで学園を休む手続きを頼んだ。しばらくは〈浄化〉にかかりきりになるだろう。

その後、教会に向かうと言ったら、ヴァレリーがついてくると言い出した。レオ、ギルベルト、ヴァレリー、カティア。いつものメンバーが付き添うことになった。


教会に入ろうとすると、入り口で王国騎士に止められた。

「ここには王家の許可のある方以外、入ることはできません。お引き取りください」

教会の警備は厳重だった。騎士たちは、大貴族の俺を前にしても全く譲歩する気がないらしい。

この調子だと、中に入るために相当地位のある者と交渉する必要がありそうだ。だが、あまり時間をかけてもいられない。

俺は、少し強引に押し通れないか試してみることにした。

「奥にある闇の塊を〈浄化〉する。必要なことだ」

「なりません」

「通せ！　闇を放置すれば、王都が大変なことになるぞ！」

騎士たちを一喝した。

正直、これで通れるとは思っていなくて、またナディアにでも策を考えてもらおうと、心の中では思っていた。だが、なぜか彼らは道を空けてくれた。

騎士たちは、信じられないものを見るように、俺を見つめていた。拝んでいる者までいる。

……もしかして、〈求道者〉レベル70の影響力って、だいぶヤバいのかな。

地下に到着すると、皆、顔をしかめた。昨日牢の中にいた者たちは外に出されたようだが、立ち込める瘴気に変わりはなかった。

俺はまず、皆に〈聖守護結界〉をかけて闇の力の影響を抑えた。

「どうして、教会の地下にこんなものが……」

眉をひそめながら、ヴァレリーが疑問を口にした。

「おそらくだけど、教会は病人の治療に、闇属性魔力を使っていた」

俺の〈免疫操作〉の使いにくさと、教会が決して外部に治癒魔法の技術を漏らさなかったことからの推測だ。

「以前に、マルク・サルミエントが、俺の治癒能力は教会の治癒術士に劣ると言っていた。病人の治療に関しては、それが事実だったんだ。俺の治癒能力では、患者の体内の異物を除去できない。毒や病気の元の処理は、人間の身体が持つ免疫任せだ。だから、効率が悪かった」

「教会の治癒魔法は、セリム公子の能力と異なると？」

「教会の治癒術士は、いつも二名以上で治療していたそうだ。一人は治癒術士、もう一人は闇魔法使いだったのだろうな。闇属性は、停滞と不活性の魔力らしい。その力で毒や病気の元を抑えこみ、治癒魔法で回復する。そうすれば、俺より簡単に、あらゆる病を治せただろう。だから、教会は闇魔法使いを必要とした」

「そんな……」

「闇属性を使えるようになる方法は複数ある。秘されているが、上位貴族レベルでは知られていることだ。ここでは、生贄(いけにえ)を捧(ささ)げて闇のシンパになる方法をとっていたようだな」

かつては、悪魔が背後にいない、自分の持つマナを闇属性に変換する闇魔法使いという者も存在した。だが、闇属性は人間の嗜虐性(しぎゃくせい)や攻撃性を高め、次第(しだい)に闇魔法使いはコントロール不能になってしまう。デメリットが大きすぎて、各国で闇属性の習得は禁止されるようになった。

しかし、もし闇属性が、不治の病を癒(い)やす技に使えるなら、危険でも人間は手を出そうとするだろう。おそらくその方法を、教会は開発したんだ。

「今の闇属性は悪魔と繋(つな)がっている。たとえ、最初の目的が病人を救うためでも、闇の影響を受け続ければ、まともでなくなる。王都の地下に、これだけの闇魔力をため込むほどにな」

地下にいた人たちは、教会の者が闇魔力を得るために利用されたのだろう。だが、集積された闇エネルギーの量を考えると、人殺しの生贄は起点にすぎない。目の前の闇の塊は、それをもとに、人口の多い王都が抱える負の感情をため込んだものだと思う。

「それでは、〈浄化〉を始める。この闇の塊を全て処理するには、三週間以上かかると思う。その間、俺は〈浄化〉にかかりきりになるから、後のことは任せたぞ」

明日起きたら、ナディアにも手紙で事情を説明して、何かあったときのフォローを頼んでおこう。

教会地下の〈浄化〉を始めて、十日ほど経った。進捗状況は、全体の半分くらいだ。

教会の入り口で馬車を降りると、周辺に集まっていた民衆が跪いて俺を拝んでいた。騎士たちも深く礼をして俺を通す。

初日に入り口で騎士に止められて、次の日には王家の重役らしき貴族まで来て止められたが、皆、俺が一喝すると通してくれた。これはもう、何らかの〈スキル〉が発動していたんじゃないかと思っている。

教会の地下の闇の塊が俺以外に対処できないものだということは、王家の上層部にまで伝わったらしく、今ではスムーズに通してくれるようになった。

敷地内を歩いていると、教会関係者まで俺を見て手を合わせていた。教会で不祥事に関わっていた奴らは、すでに逃げ出したか、王家の取り調べに連行されている。この場にいるのは悪事に加担していなかった人たちで、彼らは俺に好意的だった。

そういえば、俺が魔力枯渇で気を失った後、何回かラファエラ王女が俺を家まで送ると言い出したらしい。

「送り狼になりそうだったから、頑張って防いだ」

と、レオが言っていた。王女が送り狼って、どんなんだよ。

身分の高い者からのちょっかいを防がないといけなかったので、公爵家の義理息子になったレオが、俺の護衛の役割を果たしていた。

一方、もともとの護衛のカティアも、毎日俺に付き添ってくれていた。そこでカティアは、闇の塊と、俺の〈浄化〉の聖属性魔力を見続けて、闇属性と聖属性の広域感知魔法を使えるようになったそうだ。今後の活躍に期待したい。

◇◇◇

〈浄化〉を始めて三週間後。
《闇の発生源の浄化を完了しました。経験値が上がります。経験値が１００００加算されました。現在のレベル：75　現在の経験値：５６００／７６００》
教会地下の〈浄化〉を完了した。
魔力切れにならずに終わらせたので、その日は初めて自分の足で教会の敷地から出られた。
《メッセージ（未読３件）》
《クエストを達成しました（☆）

おめでとうございます。「闇の発生源を探せ」を達成しました。報酬に天声スキルを獲得しました》

《天声スキルを獲得しました（☆）
天声スキルを使うと、闇に傾きかけた人の目を覚ますことができます》

俺が教会の入り口で止められた時、一喝して道を空けさせられたのは、この〈天声スキル〉を前借りしていたのかもしれない。それと――。

《メインクエストが更新されました（☆）
危機に備えよ　難易度★★★★
悪魔は人を絶望させ、欲を駆り立て、誘惑に乗った魂を奪っていきます。敵の動きを察知して防いでください》

新しい〈メインクエスト〉は、何をすべきかハッキリしないものだった。今までは〈システム〉によって俺の行動方針を決められたのだが、次は自分で考えろということだろうか。

もしかすると、〈システム〉自体、次に何が起こるのか分かっていないのかもしれない。教会の地下を〈浄化〉したことで、前世とは状況が大幅に違ってきたから。

先の見えない状況だが、前世と今世の経験や闇の塊の浄化を通して、悪魔がどうやって王都を落としたかの仕組みはおよそ分かってきた。

必要なのは、蓄積された闇の力と、その莫大な力を使いこなして暴れる魔人だ。

教会の地下にあった闇の塊は、人間の負の感情から作られたものだ。負のエネルギー、闇エネルギーとでも呼ぼうか。悪魔たちは、それを魔力に変換して魔人に利用させていた。俺の〈森林浴スキル〉や〈海水浴スキル〉が、生命エネルギーをＭＰに変換しているのと似た原理だろう。現人類が使える魔法の水準をはるかに超えた技術を用いて、教会地下に闇エネルギーの集積地を作っていたのだ。

もし、サティ領の内政がめちゃくちゃになっていたり、リヴィアン島が沈んで路頭に迷う人が増えていたりしたら、あの闇の塊はもっと大きくなっていただろう。他にも、争いや不幸な出来事が起これば、闇の力が溜まりやすくなる。

そして、集まった闇の力で王都を破壊するには、それを使いこなせる強い魔人が必要だ。前世では、俺がその役だった。

だが、闇の力は利用できるエネルギーではあっても、悪魔が真に欲しているものではない。悪魔の狙いは、誘惑に負けた人間の魂を刈り取ることだ。

現状に不満を持つ人間を誘惑して魔人化し、闇属性魔力を与えて暴れさせる。そうやって、さらに不幸な人間を増やすという負の連鎖を生み出し、多くの魂を得るつもりなのだろう。

〈危機に備えよ〉という〈クエスト〉の説明文からも、悪魔が欲しているのが人間の魂であることが分かる。

――悪魔の好きにはさせない。からくりが分かった以上、〈クエスト〉の言う通り、不幸の連鎖は俺が察知して防いでやる。


馬車に乗る俺を、戦勝パレードかという勢いで見送る人々に手を振り、教会を後にした。

同乗したヴァレリーにスケジュールの確認をする。

「新学期は、明後日からだったか？」

俺が〈浄化〉にかかりきりになっている間に、二学期が終わって、冬休みが過ぎてしまっていた。

〈浄化〉が完了したので、明日からは普通の生活に戻れる。

学園が始まる前に、ナディアに会っておきたい。今回の事件が起きる前、彼女と婚約の話が出ていた。遅くなったが、ナディアの本心を聞かなければならない。

「ヴァレリー、ナディアのところへ使いを出してくれ」

明日、俺はルヴィエ家の王都屋敷でナディアと会う約束をとりつけた。

王都のルヴィエ侯爵家の邸宅で、ナディアと面会した。
「すごいわね。本当に、キラキラしてるじゃない」
人払いをしてもらって、二人きりになると、ナディアは開口一番そう言った。

「はい？」

「これじゃあ、教会前に貴方を拝みに行く人が続出するわけだわ」

ああ、いたな、そういう人たち。

一般人だけでなく、貴族からの面会の申し込みも、すごいんだよ、今。

「三週間、自分の魔力を全て聖属性に変換してたから。普通の生活に戻ったら、マシになると思う」

「そうなの？　今の貴方の影響力、すごいわよ。王家は教会を解体した後、新たに王国教会を作って、そのトップに貴方を据えるって、噂が出ているわ」

「えっ⁉」

「もちろん、王太子と結婚させてね。宗教関係者の結婚は禁止されていたけど、新たに設立するなら、ルールだって変えられるわ」

何てこった。

「でも、これは苦肉の策でしょうね。本音では、王家は新しく管理しやすい教会を作るのに、トップを外様の貴族に任せたくはない。だから、王太子との結婚が必須よ。名声だけ借りて、後は自分たちでやりたいのでしょう。……あら、貴方、すっごく嫌そうな顔ね」

「当たり前だろ。そりゃあ、嫌だよ」

生まれ育った公爵家から切り離されて、王国教会に、権限を持たないお飾りにってことだろ？　冗談じゃない。

「そうね、公爵家の長男である貴方にとって望ましい未来じゃないわ。でも、国王は貴方の能力と名声を簡単には諦めないでしょうね。貴方のとれる手は二つ。一つ目は、宗教関係者は結婚するべきではないと言い張って、王太子との結婚を拒みつつ、王国教会に入る話をグダグダにしていく。もう一つは、私のことが好きだから、絶対に私と結婚すると告白して公爵家を継ぐ」

「ごふっ、ごふご……」

紅茶が喉に……何を言い出すんだ！

「教会に入る素振りを見せながら王女と結婚しないのは、お勧めしないわ。暗殺されかねない。貴方の力は素晴らしいけど、それだけに、影響力が強くなりすぎてる。さっさとベルクマン公爵家を継いで、家の力で身を守るべきね」

それは、そうかもしれないけど……。

俺は一呼吸置くと居ずまいを正し、改めてナディアに視線を向けた。

「今日来たのは、俺とナディアの婚約について、話したかったからだ。王家の強引な申し出に対抗するのに、協力してくれたことには感謝している。でも、俺は、ナディアは公爵夫人になるより、侯爵家の当主になった方がいいと思ってる。その才能を十分に発揮するには、生まれ育った侯爵家にいた方がいい」

俺は前世でのナディアの活躍を知っている。その力を発揮するチャンスを、俺が奪うのは嫌だ。

「あら、貴方までそんなことを言うの？　せっかく、何とか一族を説得できたというのに」

説得？　ルヴィエ侯爵に命じられた政略結婚じゃなかったのか？

「私が、貴方との結婚を希望したの。貴方に私の家族を納得させるだけの能力があって助かったわ」

「何を考えて……ルヴィエ家とうちは、領地もかなり離れている。外国に嫁ぐようなものだ。そのまま家にいたら、侯爵家を継げるんだぞ？」

「私、自分の直感を大切にしてるの。それに、貴方ほどの美男子と結婚できる幸せな娘も、そうそういないでしょう」

「か……顔で男を選んで、人生を決めてしまうなよ……」

ガクッときた。ああ、でも、ちゃんと言っておかないと。

「俺の外見の、半分くらいはまがい物だ。さらに、治癒能力と聖属性の力は、完全に借り物。以前にリヴィアン島でリヴァイアサンも言ってたから、知っていると思うけど……」

俺の容姿への評価は、前世と今世で差がありすぎた。〈システム〉による何らかの補正がかかっているはずだ。それに、あの島で会った海龍は、俺の力をハッキリと借り物だと言っていた。

「貴方に特別な力を貸した存在がいる。貴方はそれだけの存在から、使命を受けているのよ。私はそれを手伝いたい」

「ナディア……」

「パメラの、サティ家はウチの領地に隣接してるから、何があったか、ある程度は把握しているわ。貴方は何度も、多くの人々を救ってきたのね」

真剣な顔をして話していたナディアは、そこでフッとほほ笑んだ。

「でもね、貴方、危なっかしいのよ。マルク・サルミエントに連れ去られたのは最たる例だけど、他にも色々。今だって、王家に取り込まれそうになっているのに、私の助けを拒むし」

「それは……ナディアの人生が天秤にかかって……」

「貴方は、公爵家の嫡子にしては、自分の扱いが軽すぎるのよ。どうして？」

そう言って俺を見つめるナディアはきれいだった。——俺みたいな、まがいもののキラキラじゃなくって。

彼女には、本当のことを伝えなければならない。たとえそれで軽蔑されることになっても。

「……俺は、服役中に奉仕活動している罪人のようなものなんだ。前世で罪を犯して、同じ人生を繰り返している」

「前世？」

「そう。かつての俺は、魔人化した大量殺人鬼だった。今は仲良くしている多くの人々を、一度はこの手で殺めている。俺の奇妙な力は、前世で王国を崩壊させたことへの、贖罪のためのものだ」

言い放ってから、ジッとナディアを見た。

彼女に動揺した様子はない。理解できてないという顔でもない。

「この世界が前世と同じなら、一年後、王都が闇に包まれて、この国は崩壊してしまう。それを防ぐために動いてきた。俺がサティ伯爵領に行ったり、リヴァイアサンに協力したりしたのは、未来に起こることを知っていたからだ」

容易に信じがたい話だけど、ナディアの耳にはするすると俺の言葉が入っているように見えた。

彼女の冷静な翠の瞳に、俺が映っている。

「……この話、誰か他にした人はいる？」

「いや、ナディアにするのが初めてだが――」

あれ？　ナディアの肩がピクっと揺れた。一瞬、大きく目を見開いて、ちょっと顔が赤くなった？

何でこのタイミングで……。

「なら、このまま言いふらさないでね」

「ああ。まあ、信じる人もそんなにいないだろうし……」

「信じるわよ！」

強く言い切られた。

「今の貴方は、人々に拝まれるくらいなのよ。信じる人は多いわ。でも、だからこそ、下手に予言めいたことを言うとまずいのよ。誰にも治せない怪我を治癒し、神々しい光で闇を祓い、未来を予言する。歴史上の、宗教の開祖よ。受難のつきまとうね」

「それは……でも、信じてくれる人がいるなら、伝えて悪魔に警戒してもらう方がいいんじゃ……」

「人は貴方の思う方を向いてはくれないわよ。貴方にとって見当違いの期待や野望を押し付けられて、さらに、貴方を邪魔に思う者の恨みも買って、身動きがとれなくなるわ」

ナディアの懸念は、俺も貴族の端くれだから、一応分かる。

今まで通り、こっそり動く方がやりやすいか。

というより、情報を伝えるなら、もっと早い段階でだったんだ。リヴィアン島の問題とか、海龍とコンタクトをとれなければ、解決が難しかった。ただ、その時は俺に信用がなかったんだけど。

そして、今は俺が教会地下を〈浄化〉したことで、前世と変わりすぎてしまった。前世の知識で対処できることは、もうあまりない。

「貴方はこれ以上目立たないで。ブレインや組織力が必要なら、私が動くわ」

「そうだな、頼む」

もともと頭を使うのはナディアの方が得意そうだった。今は闇の力の集積地をつぶして、ひとまず危険を遠ざけたけど、人が生きている限り、負の感情を集める手はいくらでもある。王国の危機はまだ続いているんだ。次に何が起こるか予測できない状況で、彼女の協力は大きな力になる。

「と、いうことで、ね。私との婚約、必要でしょう？」

ナディアがニコッと笑った。何この断れない空気。

「重く考えないで、とりあえず、一年だけ私と婚約しておくというのはどう？　一年後に本当に王国が崩壊していたら、貴族の政略結婚どころじゃなくなるし。上手く悪魔に対処して国が平和だったら、その時にまた結婚をどうするか考えたらいいんじゃないかしら」

そんな、とりあえずで婚約なんて……。

いやでも、ナディアと結婚するのが嫌なわけではない。

俺の本心は……婚約の話が出てもう一カ月が経つ。その間に、考えていなかったわけではない。

「俺はずっとナディアに惹かれていたと思う。ナディアは、俺にはない能力を持っていて、そういう憧れもあった。俺は多分、自分と違うタイプの方が好きなのだろうな」

ナディアはパワフルで、王女一派をやり込めようとするし、俺をからかうし、口喧嘩するし……。

そういうのを嫌いになれず、一緒にいるのが楽しくて面白いと思ってしまったのは、多分、彼女が好きだからなのだろう。

「好き……」

「ああ。ナディアが好きだ」

ナディアの顔がボッと赤くなった。俺も照れくさいが、この婚約は、感情以外の利害が絡み過ぎている。だからこそ、素直(すなお)に気持ちを伝えておきたいと思った。

「今の俺には、ナディアが必要だ。俺の目的のために、ナディアの力を貸してほしい。——そういう気持ちが先にきていたから、この婚約は断ろうと思っていた」

「そんな……」

でも、考えてみると、俺が気になる点、ナディアが侯爵を継ぐという未来を残しておければいいのだ。

俺は意を決して立ち上がると、ソファに座るナディアの傍に跪いて彼女の手を取った。

「俺はナディアが好きで、ナディアの力を必要としてる。だから、やっぱり婚約してほしい」

「あ……ああっ、プロポーズ⁉ はい！ 私、全力で貴方を支える。だから、よろしく、お願いしますっ」

顔を紅潮させたナディアが、俺の手をギュッと握(にぎ)り返した。その手の熱さに、俺までドキドキしてくる。でも、この続きの感情は、使命を果たしてからだ。

ナディアを見つめる俺の表情の静かさは、彼女を少し不安にさせたようだった。一緒に舞い上がれない俺は真剣な表情のまま、言葉を続けた。

「一度婚約したら、俺から安易に解消することはない。ナディアに他に好きな人がいるなら別だけど……」

「いない！　そんなこと言うなら、私だって絶対に別れない！」

首をブンブンと左右に振るナディアを真顔で見つめる俺は、重い男だろうか。はたまた、偽善者だろうか。

――俺は、前世の俺の魂が擦り切れるまで見た最悪の未来を回避するために、やれることは全てやる。そのために、一度しかない婚約さえ利用する。

「分かった。ただし、悪魔の問題が解決できたら、ナディアは侯爵家を継いだ方がいい。その時は、俺が侯爵家に婿入りする。悪魔がいなくなって、借り物の力がなくなれば、俺の替えは弟で十分だ」

本当に、領主になるのはナディアの方が良いと思うのだ。

俺は〈システム〉に従うと決めた十四歳の日から、聖人の真似事をして自我を作ってしまった。決して要領の良い方でない俺は、一度定まった自分のあり方から外れることができない。ブレたら、また前世のどうしようもなかった俺に逆戻りしてしまう気がするから。

聖人もどきになった俺は、公爵家の利害を代表する当主に向いていない。それは今までの経験でつくづく実感したことだった。

だから、王国の滅びを回避して、俺の役目が終わり、〈システム〉によるメッキが剥がれても、ナディアにまだ俺と結婚する気があるなら、俺はベルクマン公爵なんて面倒なものにはならず、ルヴィエ家に婿入りしようと思う。

「……貴方って、そんなに潔癖で、変な女に捕まって振り回されたら大変よ。やっぱり心配になるわ」

「ナディアに振り回されることはない？」

「安心して。ちゃんと良い奥さんになってあげるから」

そう言って笑う可愛らしい彼女にほほ笑み返して、俺は一世一代の告白を終えた。

◇◇◇

《セリム・ベルクマン　男　16歳

求道者レベル：75　次のレベルまでの経験値：5600／7600

MP：1011／8501　治癒スキル熟練：5968　聖属性スキル熟練：1998》

《スキル

治癒系

　簡易治療：小さな切り傷やすり傷を治す

　体力支援：闘病中の相手に体力の支援をする

　免疫操作：免疫で抵抗可能な病気を治す

　並行操作：免疫操作を7名まで同時にかける

再生治療：あらゆる身体の損傷を治す

聖属性系

神眼：聖属性と闇属性を知覚する

聖鎖結界：闇に近しい敵を捕縛し、継続ダメージを与える

聖守護結界：味方にかけると、あらゆる闇属性の攻撃を無効化する

浄化：悪魔の力の温床となる闇の穢れを消し去る

天声：闇に傾きかけた人の目を覚ます

その他

森林浴：植物から余剰の生命エネルギーを受け取り、空腹を満たす。僅かだがＭＰも回復する

海水浴：海から余剰の生命エネルギーを受け取り、空腹を満たす。僅かだがＭＰも回復する》

危機に備えよ

「アマンダ、久しぶりだな」

「アンタ、学校はどうしたんだい？」

「どうしてもやらなきゃならない用事ができてな。学園を休んで戻ってきた」

三学期の初め。

王都の教会を王国騎士団が調べたら、王国内の他の教会でも闇の力が集められている可能性が出てきた。そこで、俺は学園を休んで王国中で闇魔力の集積地を探すことにした。

ベルクマン公爵領の領都にある教会の地下でも、闇の温床が見つかった。俺が二周目の人生を始めてすぐに、寄付をしに行った教会である。あのときは、寄付しただけで経験値を五百も削られてショックを受けたが、地下にある闇の塊を見れば、さもありなんというところだった。

三日かけて〈浄化〉をし、終わったところでアマンダの顔を見に来た。

「用事に一週間くらいかかる予定で来ていたから、時間ができた。アマンダに、王都土産だ」

俺は買っておいた木彫りの人形をアマンダに渡した。

「……何で王都みたいな大都会に行っといて、土産が木彫りの人形になるのか分からないけど、一応、ありがとうよ。それじゃ、さっさと出ていきな。儂は忙しいんじゃ」

久しぶりに会ったというのに、アマンダはすぐに俺を家から追い出そうとした。

「アマンダは、隠居(いんきょ)しているんだから、暇(ひま)じゃないのか?」

「アンタが教会を潰(つぶ)したからね。薬師(くすし)の仕事を再開したのさ」

「薬師? 教会が潰れて、病人が診(み)られなくなったからか?」

何だかんだ、教会が病院の役割をしていたからなあ。

「教会に金を払(はら)って診てもらおうって奴(やつ)は、もともとこの辺にはいなかったよ。逆に、教会に所属していない儂は、薬師の商売を妨害(ぼうがい)されていたんだよ。年寄りが営業妨害までされて仕事を続けるのはキツイからね。でも、邪魔(じゃま)する奴がいなくなったから、また働くことにしたよ」

アマンダはちょっと嬉(うれ)しそうだった。

そういえば、家の中に物が増えている。壁(かべ)にはたくさんの薬草が干してあり、調薬の道具がテーブルに並べ置かれていた。

「アマンダが生き生きしているなら、それが一番だ。薬で治療(ちりょう)しにくい患者(かんじゃ)がいるなら、数日手伝うぞ?」

「そうかい。なら、こき使ってやるよ」

三日ほど、アマンダを手伝って領都の病人を診た。

アマンダ以外の領民は、俺を見るとひれ伏(ふ)して、やたらと畏(かしこ)まるようになっていた。俺の身分を知ってというより、〈浄化〉で聖属性を使い続けた影響(えいきょう)みたいだ。

アマンダだけが昔と変わらずでホッとした。彼女(かのじょ)がふてぶてしい性格で良かった。

◇　◇　◇

ベルクマン領主城。

久しぶりに生まれ育った城に戻ってくつろいでいると、カティアが部屋に入ってきた。

「ただいま戻りました。ベルクマン領北部に、闇魔力の集積地点はありませんでした」

「そうか。ありがとう、カティア。真冬に雪の多い地方に派遣してしまって、すまなかったな」

「いいえ。この国の安全に関わることですから」

カティアは俺が王都の教会地下を〈浄化〉している間に、闇属性を広範囲で探索する感知魔法を習得していた。彼女にはその能力で、俺の代わりに僻地の調査をするように頼んでいた。

今のところ、闇魔力が感知されたのは、いくつかの人口の多い都市だけだった。しかし、万が一、僻地のどこかに巨大な闇の温床が隠されていたらまずい。何せ、〈システム〉が最大難度の〈クエスト〉で、〈危機に備えよ〉と訴えているのだ。王国中の闇魔力の集積点を、虱潰しに探す必要があった。

ただ、一度誘拐されかけた俺が人気のない地方をうろちょろするわけにもいかず、俺が主要街道と大きな都市をまわる間に、カティアとベルクマン家の手練れの大人たちが、各地方を探索することになっていた。

「そうだ！　これを、カティアのチームで食べてくれ」

俺はチョコレートの大箱をカティアの前に差し出した。二周目の人生が始まったばかりの頃、カティアにチョコレートの包みを渡して大変喜ばれたことがあったのを思い出したのだ。

「これを私に？　ありがとうございます」

期待通り、彼女の顔がパッと明るくなった。

「俺の代わりに、雪の深い場所まで探索してくれて、感謝している」

「いえ……セリム公子のために働く時間は、私の人生で一番充実しているんです。これからも、お役に立ってみせます」

カティアは、チョコレートの箱を持った俺の手に手を重ねて、そう決意を表明した。

「ああ、よろしく頼――」

「公子、明日からの予定についてお話が……」

会話の途中でヴァレリーが部屋に入ってきた。

「……カティアさん、公子との距離が近すぎます」

ヴァレリーに睨まれて、カティアがズザザっと俺から距離をとった。

年若い文官のヴァレリーと経験豊富な武官のカティアだけど、力関係はヴァレリーの方が上なんだなあ。

◇◇◇

ベルクマン領を出ると、街道を西へ向かった。

俺の〈浄化〉の旅には、レオとベルクマン家の側近たちもついてきていた。

「長旅になったたな。ベルクマン領と王都を往復するだけなら、道も整っているし、簡単に行き来できるんだけど」

「そうですね。各地域を回るとなると、移動がジグザクになってどうしても時間が掛かりますね」

田舎道を馬に揺られながら、ヴァレリーと会話する。

「俺はまだまだ旅を続けたいくらいですけどね。学園の授業を受けてるより、今の方が面白いんで」

と、ギルベルトが話に入ってきた。だが――。

「公子のお付きとして、特例で我々も学園の授業を免除されて同行できていますが……ギルベルト、分かっているのですか？　進級するには、代わりのテストがあるんですよ」

と、ヴァレリーが彼に忠告した。

「うっ……」

「出先でも勉強しているが、ギルベルトは俺より教科書で十ページほど遅れが出ていたぞ」

しれっとした顔で、レオが俺に告げ口する。

「レオ君、ばらさないでよ！」

「はいはーい。それでは、お姉さんの私が勉強を見て差し上げますわよ」

リーゼロッテがニコニコしながらギルベルトに言った。

「いや、リーゼロッテは絶対からかってくるでしょ。公子が見てくださいよ」

と、ギルベルトが俺に泣きついてくる。

「そうだなあ。俺が見てもいいけど、どうせなら学園でしっかり授業を受けた方がいいんじゃないか？　王都に戻ったら、俺に同行するメンバーを入れ替えよう」

皆、学生なのだ。国の重大事とはいえ、俺に付き合わせてばかりなのも悪いだろう。

「嫌です！　俺、今日からめちゃめちゃ勉強します。だから捨てないでぇっ」

絶叫するギルベルトに、側近たちはアハハハと笑っていた。

「まあ、これで王国東側の〈浄化〉が済んだ。いったん王都に戻って、しばらくは学生らしくしていよう」

三学期の最初の一カ月を王国東部の〈浄化〉に費やし、俺たちは王都へと戻った。

◇◇◇

学園のカフェテリア。

俺は久しぶりに、ナディアと会った。

「今日は女性から男性に、プレゼントを贈る日なのよ」

カフェテリアの席に向かい合って座ると、笑顔のナディアが言った。

「ああ、そうらしいな」

実は昨夜、側近のリーゼロッテが突然部屋に来て、今日のイベントについて予習させられていた。

王都を中心に広まった慣習で、今日は女性が意中の男性にプレゼントを渡して告白する日らしい。

そして、少々厄介なことに、恋人や配偶者、婚約者から贈り物をもらった場合は、男性が女性を思いきり褒めるという決まりがあった。

俺とナディアは恋仲で、俺がどうしてもナディアと結婚したかったから、王太子との婚約を蹴ったという体裁になっている。その証拠となるように、人前で仲の良いところを見せないといけない。

「では、これを」

ナディアから、箱に入ったチョコレートをもらった。

「ありがとう」

えーっと、昨日リーゼロッテに覚え込まされたお礼のセリフは……。

「君からのプレゼントは嬉しいよ。でも、私の欲しいものは他にあるんだ。君自身だよ。君と結婚して、君と一緒にいることが、私にとって幸せに満ちた人生を送れる唯一の方法なんだ」

俺の言葉に、背後で見物していた女子生徒たちから悲鳴があがった。

「……棒読みのセリフで、ここまで女子の心を動かすとは。さすが、我らが公子ですわ。顔だけの大根役者がこの世から消えてなくならない理由を、ばっちり証明していますわよ！」

リーゼロッテが失礼なことを言いながら、うずくまって震えている。これで合ってるんだよな？

目の前のナディアは口元に上品な笑みを浮（う）かべていて、どう思ってるのかあまり読み取れない。

「あら、しっかり予習してきたのね。それじゃあ、追加でこれも」

そう言って、ナディアは宝石のついたブローチを出してきた。

貴族らしい贈り物だけど、高いものだよな。何か、悪いなあ。えーっと、こういうときは……。

「ありがとう。でも、私にとっては、この宝石より君の方がキラキラしているよ。君がいると、まぶしくて周りのものが見えなくなるくらいだ」

リーゼロッテの痙攣（けいれん）が止まらない。これって、笑いをこらえてるんだろうか？　周囲の女子生徒の人だかりも、厚みを増している。そんなに面白いかなあ。

「……私、全財産をプレゼントに変えて、このセリムに喋（しゃべ）らせ続けたい衝動（しょうどう）が起きているわ」

「やるなら私も協力金を出すわよ、ナディア」

ナディアとパメラの会話に、周囲の女子生徒たちが頷（うなず）いていた。

これは、良い商売を見つけたんだろうか……。

《複数の女性を騙（だま）しました。経験値が下がります。経験値が５００減算されました。

現在のレベル：77　現在の経験値：４８００／７８００》

〈システム〉は、気にくわなかったようだ。

「さて、あまり周囲の人にセリムとの会話を聞かれるのは、恥ずかしいわ」

そう言ってナディアが指をパチンと弾くと、周りの歓声が聞こえなくなった。

「遮音魔法をかけたわ。本題に入りましょうか」

盗聴防止の妨害魔法を使って、ここからは真面目な話である。

「王国東部の〈浄化〉は完了した。次は、西に向かうつもりだ」

内容はシリアスだが、周りに見られているので、ニコニコと楽しい会話のふりをしながら話す。

妨害魔法で口の動きも読めなくなるそうだ。なぜか俺たちの会話を聞きたがる熱心な女子が集まっていたから、気をつけないといけない。

「順調ね」

「ああ。カティアの探知能力が想像以上でな。それに、王都に比べたら小規模なところばかりだったから」

これで、王国の東と西、北は何とかなるだろう。問題は――。

「南の、サルミエント侯爵家は、セリムが浄化に行くのを断ったそうね。王国とは一触即発の状態よ」

と、ナディアが言った。

現在のサルミエント侯爵は、失脚した王都教会の大司教の兄だ。そして、息子のマルク・サルミエントは、魔人化して消滅させられている。王国はサルミエント家に責任をとらせたいが、サルミエントの領地は、教会を束ねる聖王国に隣接していた。王国が強く出れば、サルミエント家は聖王国に寝返るだろう。世界中に信徒を持つ聖王国と敵対して戦争になれば、外交上の問題が大きくなり、泥沼になりかねない。

「王国としては、落としどころを探りたいけど、サルミエント家は強気で頑なね」

王国南部は、非常に厄介なことになっていた。

教会の有り様を見れば、大義名分は王国側にあるといえる。だが、聖王国がそれを認めることは絶対にないだろう。下手につつけば戦争になってしまう。そして、おそらく戦争は、悪魔にとって最も望ましい展開だ。

「まいったな」

「ええ。悪魔っていうのは、何でもいいから人を不幸にして魂を奪えればいいのでしょ？　敵に有利すぎるわ。こっちは、守るべきものが多いというのに」

ナディアの言葉に、俺は頭を抱えそうになった。だが、ここが衆人環視のカフェテリアであることを思い出し、慌ててポーカーフェイスを作りなおした。

しかも、問題はこれだけではないのだ。

「さらに、最悪なことに、もうすぐ王国内で魔物の大発生が起こるのよね」

前世の俺が経験した主な事件は、すでにナディアにも話していた。

俺の記憶の通りなら、一カ月ちょっと先の春休みの終わりに、辺境で魔物が大量発生し、人の領域に一斉に侵入してくるはずだ。

「……魔物の大量発生自体は周期的に起こっていることとはいえ、タイミングが悪すぎるわね」

魔物と悪魔、並べると言葉が紛らわしいが、ここで言う魔物とは害獣みたいなもののことだ。人を襲うモンスターの大量発生という、悪魔とは関係なく起こった自然災害である。前世では、悪魔や魔人が出てくることもなく、各地の領主たちはこの魔物との戦いに勝利していた。

今回も、他に何事もなければ対処できるだろう。

「前世で悪魔が魔物の大発生に便乗してくることはなかった。悪魔に未来予知はできないし、奴らに魔物の発生時期は読めていないんだ。大量発生に合わせてすぐに何かすることはないと思う」

「それが救いね。でも、モタモタしてたら悲惨なことになりそうだわ」

だから、サルミエント領と聖王国にどう対処しておくかが重要だった。

もし、戦争途中に魔物の大量発生となれば、王国が壊滅しかねない。

「サルミエント家への武力制裁は待つように、母を通じて王家に働きかけるわ」

「俺も、父に魔物の大発生の可能性を伝えて、国王を止めるように頼んでおく」

戦争中に魔物の大発生が起こったら、ここぞとばかりに悪魔も攻めてくるだろう。しかし、こちらから戦争を起こさなくても、サルミエント家側から魔物の発生後に何かしかけてくる恐れもある。

「教会があの状態だもの。関係のあったサルミエント家には、多くの魔人が潜んでいるでしょうね。電撃的にサルミエント領に侵入して、魔人だけを浄化してしまえればいいのだけれど」

「俺が強いのは魔人に対してだけだ。人間相手に一人で無双はできない。介入するなら戦力を連れていかなきゃいけなくなる」

「……いったん王家を通さなきゃいけないか」

「うん」

国の支配者として、王家は国内の貴族の行動を統制している。

王家がサルミエント家と争う分には大義名分が立つが、地方貴族が勝手に他領に介入すると、反逆の意志ありと見なされて王家と敵対してしまうのだ。

「ハァ。貴方がサルミエント領に行って、速攻で闇の温床を片付けるのが一番なのにね。それを円滑にできるように王家と交渉している間に、魔物の大発生が起きちゃうか」

結局、俺たちの結論は、できるかぎりの準備をして相手の動きを待つということになった。

心配は尽きないが、俺たちには未来の出来事を知っているというアドバンテージがある。

敵は魔物の大発生の情報が届いてから動くことになるから、ワンテンポ遅れるはずだ。その間に、最速で魔物退治を終えてしまおう。

「こういうときこそ、一つずつ着実にいくべきだ。まずは、春にある魔物の大発生を乗り切るんだ」

「そうね。ところで、その魔物の大発生だけど、私の領地が一番危ないのよね」

前世の記憶で、特に強い魔物が出たのは、王国の西、ルヴィエ侯爵家の領地あたりだった。

「そう。前世でレオが、王国直轄領の西、ルヴィエ家の領地に隣接するあたりで、大戦果を挙げていたんだ。レオの規格外の強さがあって、被害を抑えられていた可能性がある。今回も、春休みにレオをそちらに向かわせるから、戦力に加えてくれ」

「ありがとう。セリムの、ベルクマン領は大丈夫なの？」

「……こっちも、けっこう大変。でも、何とかする」

実は、前世の俺は、この魔物討伐戦で大活躍をしていた。俺の戦果が、領地の騎士や領民たちの命を守っていたのだ。

――経験値が減るとか気にしている場合じゃない。俺も戦うぞ！

でも、〈浄化〉が使えなくなると困るから、レベル70以下にはなりたくないな。今のうちに、戦闘で失う分の経験値を溜めておこう。

俺が決意を固めていると、ふと、ナディアが何かに気づいたように、カフェテリアの入り口に視線を向けた。

「――あら、遮音魔法を解除するわね。王太子のお出ましよ」

再び、周囲の雑音が耳に入るようになる。

カフェテリアに、ラファエラ王女が入ってきた。彼女は真っ直ぐに、俺たちの席の前まで来た。

「セリム公子、今日は女性からプレゼントを贈る日だそうだ。受け取ってくれ」

王女は俺に、きれいに包まれた箱を渡そうとした。だが、婚約者がいる相手に贈るのはマナー違反だ。

「王太子、セリムは私の婚約者です。贈り物はご遠慮ください」

すぐにナディアが割って入った。

「王国は、二人の婚約を認めていない。セリム公子、私に恥をかかせる気か？」

ラファエラ王女に威圧される。プレッシャーがすごいけど、俺は何とか首を横に振った。

「私はナディア一筋です。贈り物は受け取れません。――ですが、代わりに、先日領地に戻っていた時のお土産を、王太子に受け取っていただきたいです。どうぞ、木彫りの人形です」

俺は王女の手のひらに、小さな人形をちょこんと置いた。

王女との関係が悪化しすぎても困る。気休めかもしれないが、俺は手元にあったベルクマン土産の一つを彼女に手渡した。

「公爵領で作られている厄除け人形です。王都にも似たものがありますが、デザインが違って面白いでしょう。目がクリクリしているのが、我が領の特徴です」

ラファエラ王女は無言で人形をジッと見つめた。魔除けのために作られた木彫りの人形は、恐ろしい顔をしているが、体型は二頭身しかなくて、どことなくコミカルな雰囲気だった。王女はそれを優しい目で眺めて、少しだけ口元を緩めた。

「そうか。いただいておく」

そう言うと、ラファエラ王女はおとなしく引き下がって去っていった。

無事に済んで良かった。

「……セリム、私にお土産はないの？」

こころなしか鋭い目つきのナディアに問われた。

「もちろんある。だが、大きいのでルヴィエ家の邸宅に直接送っておいた。ラファエラ王女に渡したものより、ずっと大きな木彫り人形だ。東方の土着の、鬼という霊的存在をかたどったものでな。玄関先に置くと、あらゆる不幸をはねのけてくれるらしいぞ」

「……巨大木彫り人形？」

「ああ。木彫り人形は、目がぎょろっとしていて、眉毛が太くて、見ているだけで楽しいぞ」

王国東部を〈浄化〉してまわったことで、色んな地域の木工作品を見ることができた。そういう意味では、充実した旅だったなあ。

数々の芸術的な木工細工を思い出し、俺は表情筋が弛んでしまった。

「……リーゼロッテ、次はセリムのプレゼントのセンスも磨いておいて」

「はい、ナディア様！　私、全力で公子のセンスの矯正に努めますわぁぁんっ」

なぜか女子たちに木彫り人形は不評のようだった。

この芸術が分からないとは、皆、まだまだだな。

春休みになった。

俺はナディアと一緒に、ルヴィエ侯爵領に向かっていた。

「寒いでしょ。王都はだいぶ暖かくなっていたけど、こっちはまだ冬みたいで」

馬車から見えるのは、まばらな草木。遠くに見える山々は、まだ白い。平らな草原から、目の前に見える山に向かって、馬車は進んでいった。

ルヴィエ侯爵家の本城は、山岳地帯の入り口に建てられていた。ここに来るのは初めてだ。

学園の三学期、王国中を〈浄化〉してまわったが、ルヴィエ領に浄化が必要な場所はなかった。

今日来たのは、ナディアとの婚約を認めてもらった礼をするため。ルヴィエ侯爵が、後継者候補だったナディアと俺の結婚を認めてくれる交換条件が、侯爵領の怪我人の治療だった。

城に到着すると、エントランスでナディアの母親であるルヴィエ侯爵とその配偶者、ナディアの妹姫が出迎えてくれた。

ナディアの妹のリディア姫は、ナディアと同じこげ茶色の髪だけど癖っ毛で、ふわっとした猫のような雰囲気だった。母親である侯爵も同じ髪色で、ナディアによく似ていた。

「ようこそ、ベルクマ――」

彼らは玄関先に立つ俺を見ると、全員一様に、ポカンとした顔になった。

「すまぬ。衝撃が強く……」

「どうかされましたか?」

俺がたずねると、リディア姫がボソリと、

「お姉様、私には人を外見で判断するなとあれだけ言っておいて、自分はどうなのよ」

と言った。

「いやあ、ナディアは妻によく似ているからねぇ。そのナディアが強く婚約したいと主張してきた時点で、僕はある程度想像してたけど、想像を超えてきたねぇ」

と、侯爵の夫――ナディアの父親も呟く。彼は中年になっても相当な美男子だった。金髪碧眼でやたらとキラキラしている。なるほど……今の俺って、ナディア父と同系統に分類されるのか。

「と……とにかく、ベルクマン公子、よく来てくださった」

ルヴィエ侯爵は気まずそうに夫と娘を制して仕切り直した。

「公子の名声はこの田舎にも轟いている。我が領は魔物の活動が激しい地域で、魔物と戦って負傷する者が多い。自己治癒できない大きな傷を負った者を再生できれば、領地経営が大きく好転するのだ。協力していただけるか？」

「勿論です。ナディア姫との婚約を認めていただいたお礼をさせていただきます」

笑顔を添えて答えると、ナディアの家族はまたポカーンと口を開けていた。

城に到着したのは日暮れ頃だったので、そのまますぐに広いダイニングに通されて、皆で夕食となった。

ナディアと並んで座った晩餐の席。儀礼的な挨拶や自己紹介が済むと、意を決したように、ルヴィエ侯爵は俺にたずねた。

「最初が肝心なので聞いておくが、公子はどの程度、娘のことを理解されているのか？」

「はい？」

俺が首を傾げると、ナディアの両親と妹は、深刻な顔つきで互いを見合った。

「正直なところ、公子であれば相手は選びたい放題であろう。王家の強引な動きを止めるのにはもちろん協力するが、娘に詐欺まがいの言葉で丸め込まれてないか心配でな」

……詐欺？

「公子があまりに善良そうな方なので、心配になったのですよ」

と、侯爵の夫が付け加えた。

――いや、善良って。俺の前世は大量殺人鬼なのだが……。

「……お姉様は、王都に行く前に虎の毛皮を着るのをやめて、多少可愛くはなりましたが、本質は荒ぶる北の大地が育てた猛獣で……」

さらに、妹姫がわけの分からないことを追加してくる。

「ちょっと、リディア、何言ってるのよ！」

妹姫の言葉に、ナディアの顔が赤くなっていた。

「リディアの言い方は酷いが、ナディアに一般的な令嬢とズレた点があるのは否定できない。公子にも何か心当たりはないかな？」

心配そうに侯爵に問われた。

うーん、一学期の学園内対抗戦では、俺とチームを組んで王女派閥をコテンパンにする計画を立ててたけど、そういう点を言ってるのかな。他にも、ナディアがジェルソミナをグーで殴ったとも聞いたなあ。それから――。

「そういえば……」

俺が呟くと、部屋にいたナディアの家族や使用人、全員の肩がピクリと揺れた。

「何か、ウチの娘がやらかしていたか？」

恐る恐る侯爵にたずねられる。

そういえば、前世の記憶の中の魔人と戦うナディアって、けっこうワイルドだったよな。ドワーフ謹製のど派手な装備で大剣を担いで陣頭に立ってたっけ。……本質の正義感は強いけど、腹芸も好きで根はやんちゃ。ナディアって、実はウチの父親と似た系統のような気がしてきた。

「いえ。俺はナディア姫のことを、彼女が思っているより深く理解しているつもりです」

大丈夫だ。俺には前世の記憶がある。ある意味、ナディア自身も知らない彼女の本質を知っていると言えるかもしれない。

俺が自信を持って言い切ると、なぜか皆眩しそうな顔をしていた。壁際に控えていた使用人の中には、俺に手を合わせて拝んでいる者までいる。

「てっきり、お姉様が良家の美形公子を騙して言いくるめたのだと思ってたけど、まさか公子が本気で――」

「リディア、いい加減に黙りなさいよ！」

素直に怒るナディアも可愛いなあ。

でも、周囲は慌てて、「公子の前です。姫様、抑えて」と、ナディアを制していた。

ナディアくらい優秀で賢かったら自慢の娘なのかと思ってたけど、身内の不安って尽きないものなんだな。

◇◇◇

《大怪我の再生治療をしました。経験値が上がります。経験値が1000加算されました》
《大怪我の再生治療をしました。経験値が上がります。経験値が1000加算されました》
…………
……

《現在のレベル：86　現在の経験値：7900／8700》

婚約時の約束通り、俺はルヴィエ領に滞在中、この地の怪我人を治療しまくった。侯爵家の人たちが事前に怪我人を一カ所に集めてくれていたので、効率の良いレベル上げになった。

だが、ルヴィエ領に滞在するのは十日あまりだ。春休みの終わりには魔物の大発生が起こるので、その前にベルクマン領に戻らないといけない。

滞在残り三日というところで、俺のいる客室に、ルヴィエ侯爵がナディアと部下たちを引き連れてやってきた。

「セリム公子のお蔭で、領地の多くの者が再び力と自信を取り戻すことができた。感謝する」

侯爵が礼を述べると、後ろの部下たちも一斉に俺に向かって頭を下げた。

「いえいえ。お役に立てたのなら幸いです」

「公子のその慈悲深い心には感嘆するばかりだ。――それで、さらに手間を取らせて申し訳ないのだが、最後に少々ご足労願いたい場所がある」

「はい。どちらまで？」

「ドワーフの里だ」

「ドワーフ！」

すごい所が出てきたな。

ドワーフは鍛冶を得意とし、鉱山に住む種族だ。決して山を下りないのは、誓約があるからだと言われている。

この世界では、土地神や龍のような上位存在との誓約を守ることで、特別な力を得る場合があった。ドワーフたちは人跡まれな岩山に里を作り、現地の自然神と誓約を交わすことで高い鍛冶の能力を得ているそうだ。ドワーフの作る武器は格別で、うちの父も欲しがっていた。

しかし、ドワーフたちは誓約の関係で人との接触を制限しているから、里の位置は公にされていなかった。ときどきルヴィエ領からドワーフの武器が市場に出るとは聞いていたけど、領内にドワーフの里があったんだな。

「お察しの通り、これは我が領の重要機密だ」

と、侯爵は他家の者である俺を真正面から見据えて言った。……そんな大事な秘密、俺は知りたくなかったぞ。

「ごめんね。ドワーフの里に、どうしてもセリムに治療してもらいたい人たちがいて……」

と、横からナディアが補足する。

「なるほど。ドワーフの名匠が怪我で働けなくなっては、大きな損失でしょうね」

俺に機密をばらしてでも治療したいほどの鍛冶師がいるんだろうな。

「ああ。ドワーフは誓約の関係で過酷な環境に身を置いているため、不調を抱えながら仕事をしている者が多いのだ。彼らが全力で鍛冶に打ち込めるように、頼む」

と、侯爵は真剣な表情で言って頭を下げた。

これは、付与魔法が趣味の俺にとっては良い機会かもしれない。ドワーフの技術に触れるチャンスなんて、望んでもなかなか得られるものじゃないから。

「分かりました。できるかぎり治療させていただきます」

俺がそう答えると、侯爵の周囲の大人たちの表情がパッと明るくなった。それだけドワーフはルヴィエ領で大事にされているんだろうな。どんどん興味が湧いてきたぞ。

翌早朝。

ルヴィエ領主城の背後に聳え立つ山に入った。この中腹に、ドワーフの里があるそうだ。

ドワーフの里までの道は最重要機密のため、俺が連れてきた人員は城に残し、護衛にレオだけを帯同させることにした。代わりにナディアとルヴィエの騎士たちが同行して案内役を務めた。中には俺が怪我の治療をした人もいて、

「任せてください。場所がら魔物との遭遇は避けられない場面もありますが、御身を煩わせることはいっさいありません」

と、張り切ってくれていた。

道中は険しい山道だった。だが、ドワーフの武器を輸送するため、しっかり踏み固められている。

歩いていると、野ウサギが数匹、俺の足元に寄ってきた。そのうちの一匹を、俺は抱きかかえた。

「寒かったからちょうどいい。お前、カイロの代わりになれ」

そのまま俺はウサギと一緒に山登りすることにした。背後で声がする。

「信じられない。警戒心の強い野生動物が、自ら寄っていくなんて」

「彼の周辺だけ、キラキラして……」

「セリム公子が進むごとに、若葉が芽吹いているんだが」

「土がむき出しだった地面に花が……あの人、本当に人間か⁉」

同行しているルヴィエの騎士が小声で囁き合っていた。

本当に、何か最近、大変なことになってきた気がする。教祖なんかに祀り上げられる前に、借り物の力を返却して、余生はのんびりしたいなあ。そのためにも、まずは悪魔を何とかしないと。


日が高くなる頃、ドワーフの里に到着した。

里は魔物の襲撃を防ぐために、厳重な塀で囲まれていた。里の規模を考えるとかなり手の込んだ防壁だが、そこは技術のドワーフが住む里ならではなのだろう。魔物への防御は徹底しているが、ルヴィエの騎士が入り口で門番に声をかけると、俺たちは顔パスで中に入ることができた。ルヴィエ領とのやりとりはスムーズに行われているらしい。

入り口の先は広場になっていて、ドワーフの老人や女性たちがのんびりと日向ぼっこをしながらお喋りしていた。ドワーフは背の低い毛むくじゃらな種族だった。寒い山の中で毛皮を着込んでいるため、丸っこい動物みたいに見える。

俺たち一行に気づくと、何人かのドワーフが集まってきた。その中で一番歳を重ねた白髪のお爺さんドワーフが、

「おお、姫。ここまでご足労くださるのは久々じゃな。王都の学校はよろしいのか？」

と、ナディアに話しかけてきた。

「今は春休みなのよ。スルトさんはいるかしら？」

「ああ、この時間は弟子の指導をしているはずじゃ。……スルト自身の作品を手にすることはもうないが、弟子も育ってきておるからのう」

と、白髪ドワーフは少し遠い目をして答えた。

ルヴィエの者たちが俺をここまで連れてきた一番の目的は、二年前に大怪我をしたドワーフの名匠を治療することだった。その人は、魔物から娘を庇って利き手を失ったそうだ。

「ドワーフは大切な取引相手だから、侯爵家で里の周辺を山狩りして、魔物を減らしてるの。だけど、彼らの掟で、我々は同じところに住むことができなくて。彼らの集落は、険しい山の中でないといけないから、守りにくいのよ」

ドワーフは誓約のために厳しい環境に身を置いて、命を落とす者もいるそうだ。

俺は最初に目的の名匠の治療をし、残った魔力が尽きるまで、他の怪我人も治した。

「折角だから、ドワーフの仕事を見ていかない？」

魔力を使い切って治療を終えた後は、ナディアに誘われて、ドワーフの仕事を見学した。

最初に訪れたのは、里で一番大きな工房だった。中では、先ほど治療したドワーフきっての名匠が、すでに製作作業を再開していた。利き手を失っていた間も、彼は弟子を育てて鍛冶に携わっていたそうだ。

「君は恩人だ。専用の剣を作らせてくれ」

スルトというその里一番の鍛冶師は、復帰の第一作目に俺の剣を作ると申し出てくれた。ドワーフ製のオーダーメイドだ。ウチの領地じゃ、まず手に入らない逸品になるだろう。

「それは嬉しい。だが、俺のよりも、作ってもらいたい人物がいるんだ」

俺は帯同させていたレオを、スルトに紹介した。魔法や〈スキル〉で戦う俺より、属性剣を使うレオに良い武器を持たせた方がいい。以前から、レオ専用の武器が欲しかったし。

「そうか……こりゃまた、すごい剣士が出てきたな。アンタ、ちょっと剣を振ってみせてくれ」

興奮したスルトは、レオを工房の外の広い作業場に連れていった。そこでレオが剣を振るうと、魔法で属性を付与された剣が虹色に輝いた。

「これは、良いものを見せてもらった！」

スルトは一目でレオを気に入ったようで、工房から何本かサンプルの剣を持ち出して、レオに振らせ始めた。レオに適した剣のアイデアを練っているようだ。

「しばらく集中させてあげた方が良いわね。私たちは他の工房の見学でもしていましょうか」

レオをその場に残して、俺とナディアは他のドワーフ工房を見学することにした。

「こちらは、剣以外の武器を開発する工房ね。村人が自衛するのに、剣を使えない人もいるから、使いやすい武器を考案しているの」

工房の中には、罠やボウガンなど様々な武器が置かれていた。付与魔法文字が刻まれた品も多い。

「色々あって面白いな」

見ていると、久しぶりに何か作りたくなってきた。魔道具作りは俺にとって楽しい趣味なのだ。

「ちょっと机と紙を借りるぞ」

俺は近くの机に置いてあった紙に、付与魔法の設計図を書き始めた。

手の空いたドワーフが、俺の設計図を覗き込んでくる。

「何だこれは？　これじゃあ、魔力がムダに滞留するだけで……いや、静電気か⁉」

俺の設計図を不審げに見ていたドワーフは、途中から黙って俺の手が動くのを見つめだした。

――氷属性の魔力で摩擦を起こし、それで発生した静電気を集めて――。

「威力はそこまで出ないが、敵の身体の一部にでも当てれば、感電して動きを止められる魔法式だ。付与する物の形状はただの棒で良いから、量産もしやすい。便利そうだろう？」

俺の書いた設計図を見ていたドワーフは、目を丸くして固まってしまった。

その様子に、他のドワーフたちも寄ってきて、同じように設計図を見て固まっていった。

「……人間の付与魔術師は、こんなものを簡単に書いてしまうのか？」

呆気にとられたまま、ドワーフたちは俺の横にいたナディアにたずねた。

「いえ。この人は色々と規格外なの。――まさか、まだこんな能力を隠し持っていたなんて。びっくり箱もいいところね」

がしりと、ドワーフに腕を掴まれた。

「ちょっと来てくれ！」

それから、ドワーフたちは知り合いの鍛冶師を集めて、俺に兵器の設計図から、作りかけの掘削機まで、あらゆる物を見せて意見を求めてきた。設計図を見るのは楽しいから良いんだが、これって、ルヴィエ家の機密情報を見まくっているんじゃないか？

俺、無事にルヴィエ領から出られるんだろうか。

その晩は、いつまでもドワーフが設計の話を続けるのを、寝ないと俺の魔力が回復しないという理由で、ナディアが追い出していた。


次の日も、ドワーフたちは俺が治療する場に設計図を持ち込んで、ああだこうだ言い合っていた。

「ふぅ、魔力切れだ。治療はここまででいいか？」

「ありがとう、セリム。大きな怪我をしていたドワーフは全員治療できたわ」

厳しい環境の中でドワーフたちはどこかしらに傷を負っていたが、もともと里の人口は少なく、主だった怪我人は二日で診終えることができた。

ＭＰのなくなった俺は、昨日レオの剣の製作を請け負ってくれたドワーフの名匠スルトを訪ねた。

「どんなものを作るかは決まったか？」

「ああ。サンプルをいくつか振らせて相性の良い形を決めた」

と言って、彼は広刃の十字剣を見せてくれた。

「形はこれで、重さはもう少しある予定だ」

「そうか。それで、剣に刻む付与魔法なんだが、これを組み込めないだろうか？」

俺は以前から考えていたレオの剣に付与する魔法式のメモをスルトに見せた。

「なっ……もの凄い式だな。刻むのにも技術が要るぞ。もちろん俺なら何とかできるが。だが、こんな猛烈な強化をつけたら、使う側が剣に振り回され……ああ、だから、彼専用か」

「そういうことだ。レオに合わせて調整してある。完成を楽しみにしているぞ」

俺が強化してやるんだ。レオには前世を超えた最強の勇者になってもらわなきゃな。

「任せてくれ、最高の剣を作ってやる！」

「ああ、頼む。俺は今日でここを発つけど、レオはまだしばらくこっちに滞在する予定だから、完成したら彼に渡してくれ」

そう俺が言うと、周囲で俺たちの会話を聞いていたドワーフたちが騒ぎ出した。

「とんぼ返りじゃないか、早すぎる！　もっとゆっくりしていけばいいだろ」

「帰るって何だ！　君はこの里に永住すべきだ」

「君の製作物を捧げれば、ドワーフの神様だって喜んで儂らと住むことを許してくださるぞ」

昨日から付与魔法について語り合った結果、俺はドワーフたちに大いに気に入られたらしい。俺が里を去ることにブーイングが起こった。

「悪いな。どうしてもやらなきゃならない使命があるんだ。全部終わったらまた来るよ」

俺がそう言うと、ドワーフたちは今度はナディアに、

「ナディア姫、絶対に彼を婿にして、連れてきてください！」

と嘆願しだした。

「いえ、彼は公爵家を継ぐの。私が向こうに嫁入りするのよ」

「こんな天才の時間を、領地の雑務で無駄にするなんて勿体ない。研究室に閉じ込めましょう！」

ドワーフたちの愛が重い。

大騒ぎするドワーフたちに、必ずまた来るように約束させられて、俺は山を下りた。

◇　◇　◇

《セリム・ベルクマン　男　16歳
求道者レベル：87　次のレベルまでの経験値：４８００／８８００
MP：１５９１／８７２３　治癒スキル熟練：７００１　聖属性スキル熟練：２５９９》
《スキル
治癒系
　簡易治療：小さな切り傷やすり傷を治す

体力支援（しえん）：闘病中の相手に体力の支援をする
免疫（めんえき）操作：免疫で抵抗（ていこう）可能な病気を治す
並行操作：免疫操作を7名まで同時にかける
再生治療：あらゆる身体の損傷を治す

聖属性系
神眼：聖属性と闇属性を知覚する
聖鎖結界：闇に近しい敵を捕縛（ほばく）し、継続（けいぞく）ダメージを与（あた）える
聖守護結界：味方にかけると、あらゆる闇属性の攻撃を無効化する
浄化：悪魔の力の温床となる闇の穢（けが）れを消し去る
天声：闇に傾（かたむ）きかけた人の目を覚ます
聖なる開花：使用者の周辺に花を咲（さ）かせ、付近の人を絶望から守る。3日程度の持続効果あり

その他
森林浴：植物から余剰（よじょう）の生命エネルギーを受け取り、空腹を満たす。僅（わず）かだがＭＰも回復する
海水浴：海から余剰の生命エネルギーを受け取り、空腹を満たす。僅かだがＭＰも回復する》

サルミエント侯爵領の戦い

春休み最終日、ベルクマン領北の辺境で、俺は大量発生した魔物と対峙していた。

身体に炎をまとった虎型の魔物、小さいが数の多い火ネズミ、火トカゲ、燃える毛並みを持った火炎オオカミ——皆、火属性を帯びたモンスターだ。

「ルヴィエ領から、わざわざこっちに戻ってきたのは、コイツらの相手をするのに俺が一番向いていたからだ」

前世の記憶にもあった、王国全土での魔物の大量発生。被害が大きかったのはルヴィエ領のある西部だが、東部のベルクマン領でも大量の魔物が出現していた。

一周目では、このときの魔物退治はボーナスゲームだった。俺が倒しやすい火属性の魔物が多く出現して大活躍できたのだ。だが、逆に考えると、俺が活躍しなければ公爵領でも被害が拡大する恐れがあった。

「相性抜群なのも困りものだな。フリーズ！」

目に見える範囲にいた魔物を、俺は一瞬で全て凍らせた。

《交戦状態の魔物を殺しました。経験値が下がります。経験値が１００減算されました》

《魔物を殺しました。経験値が下がります。経験値が１０００減算されました》

《交戦状態の魔物を殺しました。経験値が下がります。経験値が１００減算されました》

…………

……

フフフ……クックック……ハーハッハッハ！

ここ一カ月で溜めた経験値が、吹っ飛んでいくぞ！

……まずいな。これ、妙に解放感があって、テンションが上がる。

学園でダイエット中の女子生徒が、やけ食いした話を楽しそうに語っていた気持ちが分かった。いや、これ、分かっちゃいけない気持ちだな。

《現在のレベル：85　現在の経験値：２５０／８６００》

「すっげぇ。さっすが公子、強ぇっ！」

後ろに控えていたギルベルトがはしゃぐ。

「お世辞を言ってないで、前に出て戦ってくれ。俺の魔力は、念のため治療用に残しておきたいんだ」

「分かりました。皆、行くぞ！」

ギルベルトの掛け声で、俺の側近たちも魔物との戦闘を開始した。

俺が最初の攻撃で数を減らしたので、まだ学生の側近たちでも動きやすくなったはずだ。

後は、できるだけサポートに徹しよう。

「改良ベルクマン結界・守護！」

周囲の側近やベルクマン領の騎士たちに守護結界をかけてやる。

「おぉ、これは⁉」

「火の魔物に接近しても、全然熱くなくなった！」

「火耐性を上げる魔法？　しかも、物理攻撃のダメージも減ってるぞ」

結界をかけた者たちが、驚きの声をあげている。

実はこれ、〈聖守護結界〉の応用だった。

〈聖守護結界〉は身体を膜のように包む結界で、その中に聖属性魔力を混ぜることで闇属性の攻撃への耐性を高めていた。その聖属性の部分を、氷属性に置き換えたのである。

俺には〈システム〉に付与された能力のうち、適性のない〈治癒スキル〉はほとんど理解できず、聖属性もさっぱりだった。だが、〈聖鎖結界〉と〈聖守護結界〉は聖属性であると同時に結界魔法でもあったので、結界部分の解析はできてしまったのだ。〈聖鎖結界〉は消費MPが少ない〈スキル〉だと思っていたが、微量の聖属性魔力を結界魔法に織り込んで、非常に効率よく組み立てられていた。それは、人間の持つ魔法技術のはるか先をいくものだった。

「結界魔法だからMPのコスパも良い。どんどんサポートするから思い切り戦ってくれ」

「「はい！」」

結界の強度が分かると、皆、思い切った攻撃ができるようになった。これで、前世より速く討伐が進むはずだ。だが、その時――。

ドオォンッ！

少し離れた戦場から、割れるような爆音が聞こえてきた。視線を向けると、父が巨大な赤いゴリラのような魔物と戦っていた。

炎で覆われたゴリラは皮膚も相当硬いみたいで、周囲の騎士の剣では傷すらつけられていなかった。その中で、父だけがしぶとく少しずつダメージを与えている。

「ぐあっ」

だが、傷ついて暴れ回る敵に、父を支援しようと集まっていた騎士たちが吹き飛ばされ、危険な状態になっていた。

「改良ベルクマン結界・鎖！」

敵の周りに氷の鎖が出現する。鎖は敵を縛り上げて身動きとれなくさせた。

こっちは〈聖鎖結界〉の応用だ。拘束結界の中に敵の苦手属性を含ませることで、相手の魔力の流れを遮断する。

動きを封じられた敵は丈夫なサンドバッグと変わらなくなり、父と騎士たちに取り囲まれて袋叩きにされた。

「ふぅ、助かった」

強敵を倒しきった周囲がホッと一息つく。

俺も安心して、全体のサポートに戻った。

だが、そこへ、魔物を倒した父がぐるりと向きを変えて走ってきた。

「セリム、魔物を動けなくしたら戦いが面白くなくなるだろう。余計なことをするな！」

父は理不尽な理由で俺を怒鳴った。……この、戦闘狂め！

「だが、今使った結界は、理論を文章にまとめておけ。ベルクマン結界の研究を続けて、後世に残すのも我々の義務だ」

父はすぐに気持ちを切り替えると、貴族らしいことを言って、次の敵を探しに去っていった。

「……父の性格が純粋な戦闘狂なのか、そう演じている貴族なのか、未だに分からないんだよな」

俺がぼやくと、隣でヴァレリーが苦笑いしていた。

その後も俺は、魔物が弱ければサポートに徹し、手強くなったら直接攻撃をして倒していった。

「セリム～、貴様、そんな効率の良い戦い方をして、父の戦果を上回るな～っ！」

途中で父が何か喚いていたけど、気にしなくていいだろう。

《現在のレベル：83　現在の経験値：8050／8400》

レベルも何とか、80台をキープできた。

◇　◇　◇

ラファエラ王女のデスクの上は、いつの間にか木彫りの人形に占拠されていた。

五歳から早々に類まれな戦闘能力を見せ始めた王女は、すぐに可愛らしいリボンやぬいぐるみを取り上げられて、武闘派に育てられてきた。

そんな王女は大きくなって、奇妙な顔の工芸品にハマった。

並べられた大小さまざまな木彫りの人形たちは、皆、個性的な顔立ちで、一般的に言って可愛くはない。その中央に置かれた小さな人形を遠征に連れていくかで、さっきから王女は悩んでいた。

王国中で、魔物の大発生が起こっていた。

東部はすぐに、ベルクマン家のセリム公子の活躍で魔物を平らげたと伝わってきた。

「お前の贈り主は、見た目に反して強いな」

王女は人形の頬を指先でちょんとつついた。

公爵家の嫡子が弱いわけがないのだが、王家の者たちは、セリム公子を与しやすい男だと勘違いしていた。治癒魔法が使える者は、温厚で従順な性格になりやすい。特に平民に優しい公子はこのタイプだと思われていた。

「贈り主、舐められているぞ。そのくせ、私との婚約を断って……」

治癒魔法と闇魔力の浄化で強い影響力を持ったセリム公子を、王家はラファエラ王女との婚姻

を通じて取り込もうとした。しかし、公子はルヴィエ家のナディアと婚約してしまい、王家の目論見は失敗に終わる。

ラファエラ王女の父である国王は、この失敗をルヴィエ家の陰謀のせいだと考えた。彼は、地方貴族に後れを取ったと、王女や側近たちを責めた。だから、側近たちは王女に、もっと公子の気を引けと言ってきた。それは、王太子として戦闘にばかり特化して教育されてきた王女にとって、手に余る要求だった。

「まったく。迷惑してるんだからな」

周囲の無理難題に、王女はセリム公子を嫌いになりそうだった。しかし、実際に彼を目にすると、そんな気持ちは吹っ飛ぶのだ。

むしろ、公子を見ると気持ちが安らいだ。彼のくれた木彫りの人形も。民間信仰の厄除けのお守りだが、本当に効果があるのかというくらい、手元に置くと気持ちを和らげた。

「やはり、一緒に行こう」

王女は人形をハンカチに包んで、ウエストポーチの底に入れた。

彼女はこれから、南西部の王国直轄領へ救援に向かう。魔物の大発生の後、東部はベルクマン家が鎮め、北西部ではルヴィエ家が活躍していると報告があった。だが、南西部の地方貴族と直轄領からは、魔物の侵攻に耐えきれないと、悲鳴のような知らせが入っていた。

考え事を終えた王女は、木彫りの人形を入れたポーチを身に着けた。

その時、足音をたてて騎士が一人、王女の部屋に駆け込んできた。

「大変です！　サルミエント家が反乱を起こしました！」

不意打ちの反乱で、王女の遠征の行き先が変わった。

彼女は急遽（きゅうきょ）、南へ向かうことになった。

サルミエント侯爵家は、王国南部の貴族だ。領地の面積は小さいが、魔物の侵攻の激しい辺境地帯と接することなく、恵（めぐ）まれた交通の要衝（ようしょう）をおさえていた。サルミエント領からさらに南へ行くと、聖王国がある。サルミエント家は、王国と聖王国との緩衝材（かんしょうざい）のような家だった。

三カ月前の、王都教会が地下に闇魔力を集めていたという大スキャンダルで、大司教だったサルミエント侯爵の弟が失脚（しっきゃく）した。これを受け、王家は、国内の教会を聖王国から独立させるよう動き出していた。

しかし、魔物の大発生という災害で、王国に隙（すき）が生じる。サルミエント家はこの機を逃（のが）さず、聖王国側に寝返（ねがえ）った。そして、王都に向けて侵攻を開始したのだ。

通常であれば、侯爵家の兵力で、王都に攻（せ）め入るのは不可能である。だが、今の王都は常設の守備兵力の他に、すぐに援軍を呼ぶことができない。

そして、まだ明らかになっていないことだが、侯爵家には魔人という切り札があった。

王都の教会を浄化したセリム公子は、自領の魔物退治に追われている。今の王家の戦力に、魔人との戦闘を経験した者はいなかった。


国王を王都に残し、ラファエラ王女は総大将として南へ進軍した。

「見えて参りました。サルミエントの反乱軍です」

そう王女に声をかけたのは、ドゥランテ宮中伯。王女の側近であるジェルソミナの父親だ。

彼らはサルミエント領へ向かう途中の平野で、敵とぶつかった。

王女は軍の先頭で、サルミエント侯爵軍と向かい合う。王国の貴族や騎士、一般兵たちが彼女の後ろにいた。

――私を除くと、戦力はこちらが少し不利だろうか。

王都を戦場にしたくないという国王の意向から、ラファエラ王女は兵を率いて迎撃に出ていた。しかし、その陣容はギリギリのものであった。

本来であれば、地方貴族からも優秀な人材を借りて、万全の態勢で戦うべきなのだ。しかし、各地の魔物の討伐で地方の戦力は使えなかった。

そんな王国軍の中で、一番強いのは王女だ。魔力によって力量差が天と地ほどに変わるこの世界で、戦いに勝つには、王女は文字通りの一騎当千の活躍をしなければならなかった。

王女は剣を掲げて敵軍を見据えた。

一騎打ちの要求だ。

敵からは、サルミエント侯爵本人が前に出てきた。

王女と侯爵、大将同士が切り結ぶ。

ガキンッ！

王女は驚いた。

――強い！

ラファエラ王女は、歴代王族の中で初代王に次ぐと言われるほど、強い魔力と戦闘センスを持っていた。その彼女が、少し押されている。

そして、厄介なことに、強いのは侯爵だけではなかった。侯爵に従っていた騎士数名も、あり得ない強さだったのだ。王女の背後で、味方が次々と倒されていった。

やがて、軍の一角が崩れる。

兵も騎士も逃走しだした。

最初に崩れたのは、ドゥランテ宮中伯がいる辺りだった。宮中伯の娘は、王女の側近。王女が特に頼りにするはずの家が、真っ先に崩れた。

しかし、王女は揺るがない。

彼女は最初から、周りに期待していなかった。

ラファエラ王女の父である国王は、娘を、自分の王位を揺るがす潜在的な敵であると考えていた。彼は王女が力を持つことを恐れた。力とは、人の繋がりだ。王女に協力し親身に仕えそうな者は、彼女の側から外されていった。そして、ただ愚かで利己的な者だけが残る。今の王女の周りにいるのは、そういう者ばかりだった。

まだ若い国王は、人と強い絆を持たずに育った王女の心がどうなるか、想像できなかった。その中で、王女はずいぶんマシに育った方である。彼女の本質は善だった。

サルミエント侯爵の魔力が膨らみ、王女の周囲に黒い刃が生成された。彼女は急所を避けて防ぐが、次第に小さな傷が増え、血を流していった。

しかし、王女は決して退かない。

──私がやらなきゃ、皆、崩れる。

戦闘力しか持たせてもらえなかった王女は、それでも、王族としての矜持を持っていた。

──周りは弱い。力も、心も。

──私が勝たなきゃ。私は、王太子なんだから。

王女は侯爵軍の兵に向かって駆けだした。

いつの間にか、サルミエント侯爵の姿は消えていた。目の前の敵の群れは、ただの弱い的だった。

王女は侯爵軍の兵を斬る。あっさりと倒れる、弱い兵士。

だが、王女にとって弱くとも、排除してやらなければ、弱い味方は死ぬだろう。

それから王女は、侯爵家の兵を何人も斬った。

何人も、何人も……。

全て、王女がやらなければならない。周りは、弱いのだから。

◇◇◇

サルミエント侯爵家が、魔物大発生のどさくさに紛れて反乱を起こした。

「ちくしょう……酷すぎるでしょ。魔物が人々を苦しめているタイミングで、辺境で戦う俺たちによって守られている中央部の貴族が反乱を起こすだなんて」

ギルベルトが苦々しげな顔で呟く。

「そうだな。悪魔の所業だ」

予想はしていたことだが、敵の動きは恐ろしく速かった。迅速に魔物退治を終わらせて、魔人が動いたタイミングで叩き、サルミエント領の闇エネルギーの集積地を〈浄化〉するつもりだったのに。

俺たちは先に出陣した王国軍を追いかける形になってしまった。

「ナディアやレオとは、現地のどこかで合流するしかないか」

彼らも知らせを聞いて、すぐに向かってきているだろう。目的地は同じだから、どこかで会えるはずだ。

「ベルクマン領からも、領地の安全を確認次第、順に人材が送られるはずです」

と、ヴァレリーが言う。

大慌てで来たので、今は俺の側近の学生たちと護衛のカティアだけだった。

「先駆けしすぎると危険かもしれないが、いち早く情報だけでも手に入れたいな。カティア、感知魔法はどうだ？」

「……この先の戦場になりそうな平野に、マナの乱れがあります」

「そこで戦っているってことか？」

「いえ。その平野からは、すでに王国軍もサルミエント軍も移動したようです。さらに先のサルミエントの領都に向かって、モヤモヤした闇魔力が漂（ただよ）っているので、両軍ともそちらへ進軍していると考えられますが、具体的な戦況（せんきょう）までは判別できません」

「そうか……」

状況は分からないが、何らかの闇魔法が使われているってことか。

こうなる前の冬のうちに、カティアに外部からサルミエント領の闇魔力の集積地点を大まかに探（さぐ）ってもらっていた。そのときの報告では、闇の力が感じられたのはサルミエント領都の中心部に一点だけだった。

サルミエント領は立地は良いものの面積が狭（せま）く、人口は一都市に集中していた。そこに闇魔力も集められているらしい。

「何が起きているんだろう」

俺が考えを巡（めぐ）らせていると、カティアが何かに気づいたように声をあげた。

「あっ、誰（だれ）か来ます」

俺たちの進行方向から一人の兵士が走ってきた。王都へ向かう連絡（れんらく）兵だ。彼は俺たちに気づくと、馬から下りて片膝（かたひざ）をついて礼をした。

「ベルクマン家の皆様、援軍、感謝いたします。ですが心配はご無用。すでに、ラファエラ王太子の活躍でサルミエント侯爵軍は敗退。王太子はそのまま、侯爵家の本拠地の占拠に向かわれました」

「えっ⁉」

こんなに短時間で勝利して、本拠地の占拠？　サルミエント領には、魔人が潜（ひそ）んでいるのに？

「失礼、私は急いで王都へ報告に向かわねばなりませんので」

軽やかな足取りで去っていく連絡兵を見送りながら、俺の胸には不気味な不安が募っていった。

「嫌な予感がする。急ごう」


さらに進むと、ルヴィエ侯爵領から急行してきたレオとナディアたちと合流した。

「事前に連絡できてなかったけど、うまく会えたわね」

「ああ。だが、あまり喜べる状況じゃないいな」

そう言って、俺は辺りを見回す。

サルミエント領に向かう道には、そこら中に大量の血の跡があった。

「……一体、何人殺したのかしら」

ナディアの嘆息を聞きながら、俺は身体から血の気が引いていくのを感じた。俺はあらかじめ知っていた。魔物の大発生も、サルミエント領の魔人も。国外での制御不能な戦争という最悪を回避するために、サルミエント家に対処するのを遅らせた。その結果を今、こういう形で見ている。

震えそうになる腕を、必死でおさえた。この場のトップは俺だ。動揺は見せられない。

「異常事態ね。敗走した敵兵を殺しすぎているわ」

ナディアの顔色も、青白くなっている。これだけ人を殺すのは、おかしなことだった。

ふつうの統治者の考え方をすれば、むやみに人間は殺せない。この世界で人が使える土地を手に入れるには、人口が絶対に必要だ。人間が呼吸からマナをとりこむから、その土地を人の領域にできる。人のいない土地には魔物が発生してしまうのだ。人がいればいるほど安全になる世界で、王国の発展を考えたら、できるだけ死者を出さずに勝とうとするだろう。

「悪い人間と、闇に魅せられた人間は違う。悪い人間は他人から搾取しても積極的に殺しはしない。殺し自体に快感を覚えているなら、闇に魅了されている」

サティ領に行ったとき、サティ伯爵は自領の村人を無意味に殺していた。ああいう場合は闇の影響を受けている。

「そうだとして、この者たちを殺したのは誰？　報告から考えると、ラファエラ王女ってことになるけど」

王女は魔人化するタイプではないと思う。

だが、ナディアの言葉で、俺は嫌なことに気づいた。

「……たしか、人を殺しすぎると、知らぬ間に闇属性魔法を習得してしまう場合があったよな」

王都の教会地下のような儀式をしなくても、人の命を奪い続ければ闇に染まってしまうことがあった。近年は魔物の勢いが激しく、人間同士の戦争が起きなくなっていたが、戦争の多かった昔の軍人には、闇属性を使える者がしばしばいたらしい。

「そうね。昔の戦争で闇属性を獲得した軍人たちは、どんどん残虐性が増して、民間人であろうと殺戮が止まらなくなったと記録で読んだわ。そのせいで、人口が激減して魔物が増えて、現在のような、魔物の対処で手一杯の世界になったのよ。結果的に、人間同士が争うことは減ったけどね」

ナディアが答えると、ギルベルトがさらに、

「最後に大きな戦争があったのって、百年以上前のことですよね。三学期の王国史の授業でやりましたよ」

と、付け加えた。

「当時を知る世代が皆死んでしまって、最近は闇魔法使いの恐怖も薄れていました。ですが、我々は現に闇魔法使い――魔人と戦っています。あのような者が増えれば、再び王国滅亡の危機となるやもしれません」

ヴァレリーが眉をひそめる。

「…………」

厳密に言うと、今問題になっている魔人は悪魔が介入して生じた者だから、記録に残る闇魔法使いと同じものではない。

おそらく今の魔人は、かつての戦争で増えた闇魔法使いよりはるかに危険だ。悪魔は各地に闇魔力の集積地を作って、魔人たちに無限に近い魔力を与えたのだから。闇魔力の集積地を〈浄化〉して魔人が使える力を制限してやっと、奴らをかつての闇魔法使いと同程度の強さに抑えられる。

「サルミエント領の闇の温床はまだ〈浄化〉できていない。てっきり、サルミエント軍に隠れていた魔人が派手に攻撃してくると思っていたんだけどな」

俺がそう呟くと、レオも同意して、

「ああ、俺もそう思って、すぐに戦闘が始まるつもりでこちらに駆け付けた。俺たちの戦ってきた魔人の強さを考えると、この戦い、王国軍の勝ち目はなかったはずだ」

と言った。

もし、悪魔が力を残して、わざと負けたと考えると――。

「……かなりまずい状況だな」

俺はこめかみを押さえて顔をしかめた。

「急いだ方がいいわね。人間同士の殺し合いで、王女と王国軍は闇に近づいてしまったわ。そのまま、彼らが暴走した状態でサルミエントの市街地に入ったとしたら……」

ナディアがゴクリと唾（つば）を飲み込んだ。

悪魔は心を攻める。戦闘力は関係ない。心が脆（もろ）ければ、つけこまれる。

学園での王女は、側近に恵まれていないようには見えたが、悪魔に心を乗っ取られるほど弱くはなかった。

だが、それは平常時の話だ。戦争という極限状態で、人を何人も殺し、闇属性を身に纏（まと）ったら……。

ある意味、俺の前世は悪魔にとって簡単に勝てたから、使われずに済んだ手だったのかもしれない。戦争ほど、悪魔に有利になる状況はないだろう。

「そうだな。大至急、王国軍に合流を――何だ!?」

サルミエントの本拠地へ向かう俺たちの前方から、突如（とつじょ）、爆音が響（ひび）いてきた。

領都までまだかなりの距離（きょり）があるのに。

「くっ……行くぞ！」

俺は全員の馬に強化魔法を最大限かけて走らせた。

◇◇◇

サルミエント家の領主城の一番高い位置にある尖塔で、ラファエラ王女は一人、領都の街を見下ろしていた。

普通の人間の視力であれば、王女の位置から街の人々の細かい動きまで見ることはできなかっただろう。しかし、王女には街で何が起こっているか、全て把握できた。

狂乱状態の王国軍は今、この街で、略奪、暴行、強姦――あらゆる悪さをしでかそうとしていた。

王国軍全体が、悪魔の誘惑を受けていた。訓練された王国騎士も、闇の魔力にあてられて秩序を失っている。

――許せない。

王女の中で、抑えきれない怒りの黒い炎が渦巻いていた。

必死に守った味方は、欲望のまま悪事に走ることしかできないクズだった。

彼女は長らく、自分の強い正義感を語り合う相手を持たずにいた。彼女の中で独りぼっちで先鋭化していた正義は、闇にまとわりつかれた。

王女は塔から右手を外へと伸ばした。

その指先に、力が集まってくる。虹色の輝きを放つ黒い水晶玉が、空に浮かび上がった。

人を不幸にする悪人など、いない方がいい。

王女の断罪がはじまる。

裁きの黒い雷が街中に降り注いだ。

街のいたるところで、一瞬にして、悪党たちが消し炭になっていく。

商家の品物を好き勝手に持ち出そうとしていた王国兵は、次の瞬間には黒い影しか残さず消滅していた。女性を脅していた下級貴族は雷に焼き殺されたが、近くにいた女性は無傷だ。王女の裁きは、的確に悪人だけを狙った。

しかし、断罪を目撃した人々がそれを喜ぶわけもなく、彼らはただ恐怖の悲鳴をあげるばかりだった。


塔から下りた王女は、城の中を歩き回った。

奥の廊下から、あれこれと偉そうに指図する声が聞こえてくる。

ドゥランテ宮中伯と、娘のジェルソミナだ。

彼らは領主城の金や貴重品を、勝手に運び出そうとしていた。

「何をしている！」

叫びながら、王女はその犯行現場に駆け寄った。

「お前たちは都市の財物で私腹を肥やす気か。それは民の税なのだぞ」

「い……いえ、これは、占領の混乱で貴重品が紛失しないように確保をと……」

薄笑いを浮かべたジェルソミナは、内心で王女を舐めていた。ラファエラ王女ならいくらでも言いくるめられると思っていたのだ。だが――。

「そんな言い訳が通用すると思うな！　お前たちが嘘をつくときの表情を、私は知っている」

王女は迷わず剣を抜いた。

「ひっ……お許しを！」

ラファエラ王女は逃げ惑う宮中伯たちをことごとく斬り捨てた。宝物庫の美術品が罪人の血を吸って汚れてしまったが、王女は気にもとめない。彼女は自分の視界が、悪魔によって歪められつつあることに気づいていなかった。

――本当に、私の周りにはろくな者がいないな。皆、死んだ方がいいような奴らだ。

そうして、何人もの貴族や騎士を処断しながら、王女は血に染まった城の中を歩き続けた。断罪は、王女に胸のすくような快感をもたらした。

しかし、彼女はそこで見知った顔を見つけてしまう。

「イルマか。久しぶりだな」

かつての王女の教育係の一人だった。幼い王女は、彼女から魔術の基礎を教わった。彼女の授業は分かりやすく、王女は家庭教師の中でイルマを一番気に入っていた。だが、王女が成長すると、魔術の教師はなぜか途中で別の者に替えられてしまった。

イルマは、王女が知る数少ないちゃんとした大人の一人だったのに。

「……ラファエラ……様？」

「イルマ、どうした？　顔色が悪いぞ？」

王女に名前を呼ばれたイルマは、顔面を蒼白にし、ガタガタと震えだした。

そのとき、王女はやっと我に返った。そして、気づいてしまった。

――もう、手遅れだ。

王女は自分の意志で動くことが困難になっていた。頭の中で破壊衝動が暴れ回っている。彼女は引き返せないところまできていた。

「うっ……」

わずかに戻った理性が、王女の全身に激痛を与え、彼女は指先一つ動かせなくなった。

――マズい、マズい、手に負えない。このままでは……。

ドサッ……。

身体の自由を失って、王女はその場に倒れ込んだ。

「王女⁉」

イルマはとっさに駆け寄って、王女を助け起こそうとした。

だが、王女はその手を拒む。

ラファエラ王女の理性は、薄紙一枚でマグマの上に浮いているようなものだった。もう、時間なんて残されていない。

「イ……ルマ」

最後の気力を振り絞って、彼女はか細い声を出した。

「イルマ……後を頼む。闇に穢れた者は全て消して、私もここを去るから……」

王女は自分の中に、自分のものでない魔力が大量に流れ込み、勝手に膨らみだすのを感じた。莫大（ばくだい）な魔力はサルミエントの街を滅茶苦茶（めちゃくちゃ）に破壊しようとしている。その力に抗（あらが）いながら、王女は必死に光をたどった。

——どんなに抑えても、この場が消し飛ぶのは避けられそうにない。でも、弱々しくも温かさを持った命だけは……失わせない！

「王女……王女っ！」

必死に王女を呼ぶイルマの身体を、光の膜が包み込む。

ラファエラ王女が耐えきれなくなると、膨らんだ魔力は爆発を起こした。

薄れる意識とともに、王女は闇の中へと消えた。

サルミエント侯爵家の本拠地に着いた。

大きな街だ。外周から中心にいくほど身分の高い者や金持ちの屋敷（やしき）が増え、中央に領主城がそびえる構造になっている。

平民たちが住む区画に、あまり損傷はなかった。

「人々は無事のようね。でも、妙に静かすぎない？」

門番のいない街の門をくぐって、馬を止めたナディアが言った。

「この街の構造だと、中央に城が見えるはずですよね。それっぽい建物がないんですけど、どういうことでしょう」

ギルベルトは不思議そうにキョロキョロしている。

俺は〈神眼〉を発動してみるが、怪しい所は見当たらなかった。

「カティア、感知魔法で探ってみてくれ」

見える範囲しか調べられない〈神眼〉より、カティアの感知魔法の方が詳しく分かるだろう。この数カ月で向上したカティアの感知能力は、広い街全体を正確に探知できるほどになっていた。

「都市内には、魔人も闇魔力の蓄積された場所もありません。街の外周に住む一般の住民は、ほとんどが無事のようです。ただ、王国軍が入ったにしては、魔力の高い者が少なすぎます」

「……住民が無事なのは幸いだ。しかし、敵の狙いが読み取れないな。街を回って調べるしかないか」

俺たちは周囲を見回しながら街の中を進んでいった。

昼間だというのに、人通りが少ない。たまに見かける住人は、武装した俺たちを見て異様に恐れていた。

何かあったのは間違いない。

街にはちらほらと、魔法で攻撃されたような、黒い焦げ跡が残っていた。

「どうやって魔法を撃てば、こんな跡になるんだ？」

民家の入り口近くの地面についた、人の頭ほどの大きさの焦げ跡を見て、レオが首を傾げた。

「まるで、周囲の建物を壊さないようにあらかじめ結界を張って、その中の攻撃対象だけを消し飛ばしたみたいだな」

「そんなの、ありえるのか？」

「うちの父親が室内で暴れたときに、家具を保護する結界を張ったことがある。できなくはない」

できなくはないが、何でそんな魔法の痕跡がいくつもできているのか、理由はさっぱり分からなかった。

「魔力の高い者は中心部に集まっているようです。そこで話を聞いてみられるのがよろしいかと思います」

と、カティアが言う。

「そうだな」

俺たちは真っ直ぐ街の中心部を目指した。


目的地にたどり着くと、領主城が立っていたはずの広い敷地が、何もない更地になっていた。

「どういうことだ⁉」

「建物が消し飛んだの？」

街の中心の一等地に、不自然なほど平らで白い地面。

「それに、所々に倒れている人は一体……」

城跡の敷地には、あちこちに散らばって数十名の男女が倒れていた。

「彼らに闇魔力の気配はありません。皆、ほとんど無傷のまま気絶しているようです」

カティアが感知魔法を発動して辺りを探る。

「一人、意識のある者を見つけました。あちらです」

と言って、彼女は更地の中を進みだした。俺たちも、倒れた人々を起こさないように静かにそれに続いた。

やがて、更地の向こう端（はし）で座り込んで呆然（ぼうぜん）としている一人の中年女性を見つけた。身なりからして貴族だろう。見ていると目が合って、彼女は急いで立ち上がって頭を下げた。俺たちの顔を知っていたようだ。

「お初にお目にかかります。イルマ・レンツィと申します。普段は王都の第二学園で講師をしておりますが、緊急（きんきゅう）事態のため従軍してまいりました」

イルマと名乗った女性は、人柄（ひとがら）の良さそうな顔をしていた。

「何があったか教えてほしい。城の破壊は、誰がやったか分かるか？」

「はい。……ラファエラ王太子です」

やはりか。

大きな城を消し去って更地にするなど、人間の魔法では無理だ。魔人であっても、もとが王女くらいの実力者でないとできない。しかし、ということは、王女はすでに……。

「ですが、私を守って下さったのも、王太子だったのだと思います。彼女は普通の状態ではなかった。あれは、本人の意志ではなかったはずです！」

俺の考えを読んだかのように、イルマは必死に訴えてきた。彼女は、俺に王女を悪く思ってほしくないようだった。

「詳しく教えてくれ」

そう俺が言うと、イルマは堰を切ったようにこれまでのことを話し出した。

◇◇◇

俺たちはイルマから、平野での王国軍とサルミエント軍の戦い、その後の追撃戦と、王国軍の暴走、激昂したラファエラ王女による裁きまで、一部始終を聞いた。

「――私も殺されると思いました。ですが、目が合うと、王太子は私の名前を呼ばれて……闇に穢れた者は全て消し去るから、後を頼むと。それから、爆発が起きて、気がつくと更地になった城の敷地に倒れていました」

話しているうちに、イルマは目も鼻も真っ赤になって、涙が止まらなくなっていた。

「申し訳ございません。高貴な方々の前で、見苦しい姿を……」

「構わない。これだけショックな出来事の直後に、長く話をさせてすまなかったな」

「いえ、聞いていただけて、救いになりました。――私は昔、王太子の家庭教師をしておりました。途中で外されましたが。当時は王女とうまくやれていると思っていたから、悔しくて。でも、王女はあんな状態になっても、私のことを覚えていてくださったのです」

イルマの頬をつたう涙は止まる気配がない。善良そうな彼女には、酷すぎる経験だっただろう。

「……〈聖なる開花〉」

俺はレベル80で覚えた〈スキル〉を使った。

《聖なる開花：使用者の周辺に花を咲かせる。花の付近の人間は、生きる活力を取り戻し、絶望から守られる。３日程度の持続効果あり》

俺を中心に半径五メートルくらいが、魔法の花で埋め尽くされた。ピンクと紫の芝桜の絨毯。それに、スズラン、スミレ……春の花が咲き誇る。

「辛い話をさせて悪かった。休んでくれ」

イルマは花の中に膝をつき、静かに瞳を閉じた。

倒れている人々の周囲を花畑で覆うと、俺たちは彼らから少し距離をとって話を続けた。

悪魔たちは、前世で魔人化した俺の代わりを、王女にやらせようとしたらしい。だが、彼女は悪魔の思い通りには動かなかった。王女はこの地にあった闇の魔力を使い切り、悪魔の誘惑になびきそうな魔力持ちを全て消し去ってしまったのだ。

「これだけの闇魔力を操ったのなら、王女は魔人化していたのよね。でも、悪魔が望んでいたのと、現状は違うんじゃないかしら」

ナディアが首をかしげる。

現状は酷い有り様だが、悪魔の狙い通りに進んだようにも見えなかった。

「悪魔が長年かけて準備した王国内の闇魔力の集積地は、俺たちによって〈浄化〉されてしまった。だから、悪魔たちは強引な手で戦力を増やそうとしたんだと思う。本来は闇になびきにくいラファエラ王女を、無理やり引き込んで。だが、無理に王女を歪めて闇魔力を使わせても、彼女は奴らが意図していたように動いてくれなかったのかもな」

「悪魔には王女を制御できなかったってこと？」

「そうなるな」

「ちょっと考えにくいわよ。昔の記録で、闇魔法が使えるようになった者は、それまでどんな善人でも人格が変質したって話だし」

「魔人になりかけの状態で、まだ意識が残っていたのかも」

「それにしたって、よく闇魔力の暴走を抑えたわね。王女には、悪魔に抵抗する何らかの手段があったのかしら」

「何らかの抵抗手段……」

ナディアの言葉に、俺はハッとした。

そういうことか！

悪魔に対抗できる力。

闇属性に対して最も有効なのは――聖属性だ！

「レオ、俺が教会を浄化していた頃(ころ)、王女は現場によく来ていたよな」

「ああ」

あの時期は、よく王女と顔を合わせていた。

「王女は聖属性に目覚めていた可能性がある。彼女は何度も聖属性の浄化の光を見ていたんだ」

リヴィアン島のリヴァイアサンを思い出す。あの海龍(かいりゅう)は、聖属性と闇属性を、共に身にまとっていた。龍ともなれば、二つの属性は両立できるのだ。

「王女は無意識のうちに聖属性を使えるようになっていた。その力で、闇魔力の破壊衝動に抗ったんだ」

だとすると、イルマたちが生き残った理由も説明できる。しかし――。

「このまま王女が自我を保ち続けるのは難しいだろうな。人間の生み出せる聖属性魔力は、かなり少ないから」

「次に王女に会ったときは、敵になっているということか？」

レオの問いに、俺は頷(うなず)くしかなかった。城一つ吹き飛ばすほどの闇魔力を使った王女が人間に戻るというのは、期待しない方がいい。

「王女は覚醒(かくせい)直後から暴れ通しだった。イルマの言う通り彼女が自我を取り戻したのなら、休養を必要としているだろう。今はどこかに隠れて、精神への負担をできるだけ減らそうとしているはずだ。……自分の主導権を悪魔に奪われないように抗いながら。この争いは王女の分が悪い。時間が経(た)つほど、悪魔の操り人形として王女が出てくる危険が高まる」

「分かった。……もし王女と戦うことになったら、今までで一番の強敵になるだろうな」

「ああ。でも、今すぐラファエラ王女が王都に襲撃をかけてくるなんてことは起こらないと思う。闇魔力も溜まっていないし、これだけ暴れれば魔人でも疲弊する」

「そうか。――ところでセリム、少ない情報で、よくこんなに素早く判断できるな」

と、レオは妙に感心したように言った。

「そりゃそうだよ、公子だもん」

ギルベルトが得意げに言う。いや、何でお前が得意がるんだよ。

でも……何でだろう？　妙にすんなり思考が進む。根拠もないのに大した自信？　いや。意外と俺は、判断に使える材料を持っていたのか。俺には、魂の状態で悪魔にとりこまれていた長い経験があったんだ。

「カティア、感知魔法の範囲を広げて、闇魔力を見つけられるか？」

「……いえ。この辺りの闇エネルギーは、きれいに吹き飛ばされています」

「不幸中の幸いだな。蓄積された闇の力は、王女が使い切った。サルミエント領にいた他の魔人たちも、影に潜んで必死に力を温存しているはずだ。悪魔はケチだから、自分たち自身の力を魔人に貸し出すことはまずない。チャンスをうかがって待機中ってところだろう」

酷い事態になってしまったが、悪魔側も燃料切れだ。不安で消耗している暇があったら、今のうちに動いた方がいい。

俺の説明で、すぐに敵が攻撃してくる可能性が低いと分かると、皆、少し落ち着いたようだった。

「そうね。その想定で動きましょう。いろいろ悩むには、目の前に問題が山積みすぎるわ。今のこの街は、中枢が破壊されて、行政も警察も機能しなくなっているのだから」

ナディアもすぐに気持ちを切り替えてきた。

「うん。俺は市中を見回りしてみる。さっき使った〈聖なる開花〉っていう花を咲かせる能力に、人の精神を落ち着かせる効果があるんだ。これを街のいたるところに展開しておけば、変なことを考える者も減ると思う」

「それなら、私はここで気絶している人たちを介抱して話を聞いてみる。もともとこの都市にいた人たちも交ざっているみたいだから、都市の行政関係者を探すわ」

俺たちは、二手に分かれて街の混乱を収拾することにした。


ナディアに中央を任せて、俺は側近たちと街を巡回した。途中でトラブルを見つけては、その場に配下を数人残して解決させた。

俺が〈聖なる開花〉で生み出す花々は、煉瓦にも屋根瓦にもお構いなしに咲く。

当初、貴族である俺たちを極端に恐れていた街の人たちは、花を見るうちに次第に穏やかな表情になっていった。

街中を花まみれにしていくうちに、空にオレンジの光が混ざりだした。

幻想の花々の薄い花弁を、淡い夕日が透過していく。

激動を終えた直後の街の家々で、夕食を煮炊き(にた)する匂(にお)いが漂いだした。ひとまず、皆落ち着いたようだ。

一通り花の設置を終えて、俺はナディアがいる街の中央へ戻ろうと歩き出した。

そこで、突然(とつぜん)、目の前に〈システム〉の画面が浮き出てきた。

《王国内の闇の集積地の消滅を確認しました。ロック解除の条件を満たしました》

ロック解除？　いきなり何だ⁉

《メッセージ（未読1件）
クエストが変化しました（☆）
メインクエスト「危機に備えよ」が「聖王国へ」に変化しました。
聖王国へ　難易度★★★★★
聖王国には、当システムの製作者がいます。探して面会しましょう》

急だな。そして、ロック解除が何かの説明は無しか。

仕方ない。分かるところから見ていこう。

まず、〈王国内の闇の集積地の消滅〉。

三学期に王国中を回って、カティアが闇魔力を感知したところは全部〈浄化〉していった。あれで、サルミエント領以外は残さず〈浄化〉できていたらしい。そして、ラファエラ王女がサルミエント領の闇魔力を使い切って吹き飛ばし、王国内の集積地が全て消滅したことになったようだ。

それで、ロックとやらが解除されて、今まで出せなかった情報を出してきた。

〈システム〉の製作者が、聖王国にいるらしい。教会の総本山、聖王国。そこに、問題を解決する何かがある。


夜になった。

俺たちは、ナディアが話をしたサルミエント領の者に大きな商家を紹介してもらって宿泊した。

夕食を終えてそろそろ寝ようかという時間帯、俺は部屋に皆を集め、

「聖王国に行きたい」

と、単刀直入に自分の意志を伝えた。

「理由を教えて？」

ナディアに問われる。

「聖王国に、悪魔の問題を解決するヒントがあるらしい。俺の力の、貸し主が言っている」

「そう。それじゃあ、行かなくちゃね」

俺の急な発言に、ナディアはあっさりと納得を示した。しかし――。

「公子の能力は、今や国宝級です。それを国外に出すというのは……」

と、ヴァレリーは難色を示した。

俺が希少な治癒能力者だということは、すでに王家にバレていた。その上、王都教会地下の〈浄化〉で、俺は民衆にまで有名になっていた。この状況で、サルミエント家が壊滅し、王女が行方不明になった現状が知られれば、俺の存在感はさらに増し、闇の力に対抗できる聖属性持ちとして、王都の防衛に張り付かされるかもしれない。

「実家や王家に報告したら、出られなくなりそうだな」

ヴァレリーが頷いた。

だが、ここで俺が動きを止めるわけにはいかない。それなら――。

「聖王国に行くには、今、このどさくさにまぎれて密かに出国するしかないか」

「…………」

俺がそう言った瞬間、ヴァレリーが、何かものすごく大きなものを飲み込んだような気がした。

何だ？　何を見落とした……？

「あ！　却下だ？　今のは無しっ」

俺が勝手に国を出て行方不明になったら、誰かが責任をとらされる。その筆頭は、ヴァレリーだ。

「いえ。公子が必要と考えられることをしてください。連れてきた他の者たちが心配なら、責任は全部自分が被ります」

それはダメだ！　全部の責任を被ったら、処刑されかねないぞ。

「……すまん。不用意な発言をした。忘れてくれ」

まいったな。どうやって聖王国まで行こう。

正規のルートはとりにくい。二重に障害がある。まず、王国から許可がとれない。そして、聖王国に入れたとしても、俺の立場で行けば、聖王国側の人間に行動を制限されてしまう。

「少し時間はかかるけど、領地に戻って、内々に、お義父様に許可をもらったらどう？」

「そうだな」

ふつうの貴族だったら許さないだろう。でも、うちの父ならワンチャンスある。

独特な父親だからなあ。それでいってみるか。


翌朝、説得に行くつもりだった父親と、街の前で鉢合わせた。

「セリム、貴様、ズルいぞ。サルミエントの動きを嗅ぎつけて、自分だけ先に戦場に行ったな」

父はぷりぷり怒っていた。

「いえ、父上には、領地の魔物をあらかた片付けたとはいえ、後始末が……」

「そんなの、エーリカに任せてきたぞ」

涼しい顔で父は答えた。

これは、あとで溜まった母親の怒りを、俺までぶつけられるやつだ。

「それで、戦争はどうなった？」

「争いは終わっています。サルミエントの統治機能が使えなくなっているので、父上が人員を連れてきてくださり、助かりました」

とたんに、父の口がへの字に曲がった。

「そんな。なら、エーリカをこっちに送った方がマシだったじゃないか」

普段から、内政は母がほぼやっていたもんなあ。まあ、王家に引き継ぐまでの短期間だし、何とかなるだろう。

「それより、父上にお願いがあるんです」

「何？」

お願いと言った瞬間、父のぎょろりとした目玉がこっちを向いた。もう慣れたから、威圧してもムダだぞ。

「聖王国に密入国したいです。内々に許可をください」

父の横にいた側近の大人たちが、ギョッとした顔になった。だが、

「ああ、いいぞ。行ってこい」

父は即答で許可をくれた。

——え？　あっさりすぎないか？

「何を驚いているんだ？」

「いえ。止められるかと思っていたので」

「お前は、先日の魔物の大発生を予知しただろう。その力、理由なく授けられたものではあるまい。今の王国は危機的状況だ。火事は燃え広がってからでは止められない。たとえ火傷してでも止められる者が止めるべきだ。心配しなくとも、火傷の一部くらいは被ってやる」

父はケロリとして言った。

「あの、お義父様、私もセリムについていってよろしいでしょうか？」

横からナディアが父にたずねると、父の瞳がキラリと光った。

「もちろんいいぞ。私が許可をしてナディア嬢が行方不明になったら、ルヴィエ家と内戦ができる。一度本気で戦ってみたかったのだ！」

嬉々とした父の言葉に、周りの立派そうな大人たちが、頭を抱え、胸を押さえ……。いつもうちの父親が迷惑をかけてすまんな。

「ごめんなさい、セリム。残念だけど、私は留守番ね」

悲しそうにナディアに言われた。これはしょうがないかな。

「いやいや、冗談だぞ？　ナディア嬢も一緒に行ってきなさい。ルヴィエ侯爵も、私と同程度には状況を理解している。それに、ルヴィエの当主が、私の息子との結婚を認めたんだ。夫の大事な勝負に付き添うのを、アイツが否定するわけがない」

ケロっとして言う父に、ナディアが面食らっていた。ウチの父がナディアを口で翻弄するとはなあ。びっくりだよ。

「義父上、俺も同行していいですよね？」

「む……ちょっと羨ましいが、まあ、いいだろう」

レオも父から聖王国行きを認められた。

「私はセリム様の護衛です。一緒に行かせてください」

カティアは俺に直接仕えている扱いなので、俺が頷けばついてきてくれる。

一緒に行くのは、この三人だけでいいかな。

「ちょっと待って！　公子、また俺を置いていこうと考えているでしょ。行きますよ、俺、公子の一番の側近は俺なのっ！」

考えをまとめかけた俺に、ギルベルトがしがみついてきた。

「待ちなさい、ギルベルト。お前はベルソン子爵家の一人息子だろう」

と、慌てて止めに入ったのは、父の側近でギルベルトの叔父だった。

「叔父さん、主家のセリム公子が危険な場所に向かうのに、家来が命を惜しんでちゃダメでしょ。俺は行くよ」

「そ……それは、そうだが……」

ギルベルトに正論を言われて、彼の叔父は返答に窮した。

「ギルベルト、叔父上の言うことはもっともだぞ。かなり危険な旅になる。聖王国でトラブルになったとき、単独でも逃げ帰れる実力がある者しか連れていけない」

そう俺が言うと、

「なら、大丈夫です。次世代のベルクマン家臣最強は俺ですから！」

と、自信満々にギルベルトは答えた。

「……ギリギリだな」

ボソリとレオが呟く。

「ちょっと、レオ君に比べたら、誰でもギリギリでしょ。レオ君基準で見なきゃ、俺は十分強いの！」

と、ギルベルトはすぐに言い返した。はからずも、彼は圧倒的強者のレオを前に、平然と自分の強さを主張してみせたのだった。

「あはは……」

前世の俺にどうしようもない劣等感を植えつけたレオの強さにも、ギルベルトは動じない。これが彼の良さなのだろうな。

「そうだな。ギルベルト、危険な旅だが、同行してくれるか？」

「はい。もちろん、お供させてください」

ニカっと笑ったギルベルトを含め、俺たちは五人で聖王国へ向かうことにした。

「お気をつけて。行ってらっしゃいませ」

もう一人の俺の大切な側近、ヴァレリーは連れていけない。彼は非戦闘員の文官だから。

「ヴァレリー、後のことは頼む」

彼と他の側近たちには、父と一緒にサルミエントの街の復旧を手伝うように頼んだ。

「それじゃあ、行ってくる」

俺たちはすぐに、南へ向かって走り出した。

聖人セリム

王国と聖王国を分かつ山脈は、魔物の領域だ。街道を通らず越えるには骨が折れる。

だが、それゆえに人目につくこともなかった。

「次は少し西のルートで……」

山中の魔物は、王国辺境と違って大発生の影響を受けていない。それでも、人跡まれな獣道で、魔物との遭遇は避けて通れなかった。

俺たちはカティアの感知能力でできるだけ無駄な戦闘を省きつつ、どうしても戦う必要のある魔物だけを討伐して進んだ。

「この先に一匹だけ、倒した方が早い敵がいます」

「分かった」

と言っても、魔物との戦闘はレオが一刀のもとに切り伏せるだけで済んでいたのだけど。

「すげえっすね。高性能探知と圧倒的な戦力。今の俺ら、一部隊として大陸で最強クラスなんじゃないですか？」

ギルベルトが興奮した様子で言う。

……そりゃ、大貴族二人に勇者までいるからな。

結界魔法と剣術で高い防御力を誇るギルベルト。多種多様な結界と補助魔法を素早い発動で臨機応変に使える俺。妨害魔法で敵を攪乱しつつ攻撃も強いナディア。感知魔法で敵の動きを読み、不意打ちを完全に防げるカティア。MPの制約はあれど、どんな致命傷でも治療可能な〈システム〉。そして、圧倒的な力を持つ勇者レオだ。まさにドリームチームである。

「それだけ戦力をそろえても厳しい敵が待ち構えている。気を引き締めていくぞ」

俺たちは少数精鋭の機動力で、その日のうちに聖王国に入った。

国境を越えて進むと、山の中腹に見晴らしの良い場所を見つけた。

「向こうに見えるのが聖都か。ちょうどいいな」

日が沈む前に何とか間に合った俺たちは、その場から聖都を含む一帯の全貌を観察することができた。

カティアに聖王国内の探知を頼む。

「大雑把でいいので、できるだけ遠くまで頼めるか？」

そう言いながら、俺も〈神眼スキル〉を発動した。

「――――!?」

「探知するまでもなかったんじゃないかしら」

隣に立つナディアが言った。

〈神眼〉で見た聖都の方角は、黒い霧で塗りつぶされていた。

「聖属性と縁のない俺でも、虫の知らせっていうんでしょうか、あの街の方角には進みたくないですね」

と、ギルベルトが言う。

「そうですね。すでに皆様も気づかれたようですが、聖都の中央から、巨大な闇の力を感じます」

「ああ。カティア、そのまま感知魔法を続けてくれ。これじゃ、敵が予想以上に強大であると分かっただけだ。攻略のヒントが欲しい。他に気づくことがないか探ってみてくれ」

「かしこまりました」

カティアに調査を続けてもらいながら、俺たちはしばらく、聖都の巨大な闇魔力を前に立ちつくしていた。

「……すごい量だな。あれに比べたら、王都の闇なんて、かわいいものだった」

と、レオが言う。

「セリムなら、あれも浄化できるの？」

ナディアに聞かれて、俺は首を横に振った。

「……自信がない」

少しずつ〈浄化〉するにしても、途中でかりそめの結界を張ることすらできないだろう。おそらく、今の俺にあの量は無理だ。

「──もう一つ、感知できました。聖都の南西に、かすかに聖属性の気配があります」

カティアが聖都の右手を指して言った。

「距離は？」

「不明です。本来私が感知できるより遥かに遠いとだけ。それでも気づけたのは、相当強い力だからだと思います」

カティアの指した方角を、俺も〈神眼〉で確認してみた。

夕暮れの赤い空に、白い光のすじが、天と地をつなぐ一本の細い糸のように見えていた。

俺が探しているのは、〈システム〉の製作者だ。聖属性の気配は、手掛かりになるだろう。

「行ってみるか」

ちょうどよく日が暮れて、目立たず移動しやすくなった。

俺たちは夜通し走って、聖属性の気配へ向かっていった。

日が昇る頃。

道なき道を進んできた俺たちは、街道とぶつかった。

道の先に、小さな街があった。街の中心には、不釣り合いに大きな教会がある。

〈神眼〉で街を見るが、闇の気配は見当たらない。代わりに、街の中心から一筋の聖属性の光が立ち昇っていた。

「この辺だけ見ると、聖王国って名前にふさわしい光景だな」

聖都の有り様が嘘のようだ。

街の中央の教会が、聖属性魔力の発生源だった。

街に入ろうとすると、入り口の門番に止められた。国内の、要所でもない小さな街にしては、厳重なチェックだ。

「教会にいる存在に呼ばれて、会いにきた」

正式な手続きをせずに国境を越えていたが、俺は堂々と〈天声〉を試してみた。

《天声：闇に傾きかけた人の目を覚ます》

王都の教会のときのように、これで通してくれると楽でいいんだけどなあ。

門番たちは俺の声に驚き、責任者を呼んでくると言って、奥に走っていった。

しばらくすると、ぞろぞろとお偉いさんっぽい人たちがやってきた。中央には、ドレスを着た中年の女性。彼女がこの場で一番立場が上のようだ。武装している聖騎士もいるが、護衛だと思う。敵意はなさそうだった。

「お待ちしておりました、聖人様」

中央の女性が、俺に向けて深く頭を下げた。

……聖人？

言葉のきらびやかさの割に、それを口にする女性の表情は暗い。悲しげなだけで彼女から邪念を感じることはないが、何かありそうだな。

「待っていたと？　俺が来ることを知っていたのか？」

「……詳しい話は、奥へいらしてから」

女性に連れられて、俺たちは街に入ることができた。

そのまま、まっすぐに教会へと向かった。


礼拝堂の奥にある小さな扉から中に入り、さらにいくつか扉をくぐると、長い渡り廊下に出た。

左右の庭園の若葉の中で、ハナミズキが咲きほこっている。

「どうぞ、こちらです」

案内に従って進むにつれて、清浄な空気が濃くなっていった。遠目に見えていた聖属性魔力のまさに発生源に近づいていた。

渡り廊下の突き当たりの扉から小さな別館に入ると、奥の部屋で、一人の少女が眠っていた。部屋には朝日が差し込み、少女の白い肌とシルバーブロンドの髪がキラキラと輝いている。目を閉じた顔は幼く、七歳くらいの小さな子どもだった。

「セリムと、同じ髪色？」

ナディアに言われて、俺は自分の髪を少し摘んでみた。前世では、成長とともに平凡な茶髪に変わっていった俺の髪は、今世では幼少期のままの輝くようなシルバーブロンドを保っていた。

ここまで案内してくれた女性は、その少女の髪を慈愛に満ちた表情で一度そっと撫でた。そうして、俺たちに向き直って話し始めた。

「私はカミーラと申します。そして、眠っているのが娘のエヴァ。当代の、聖女です」

「聖女……」

少女を見て、俺は自分の〈スキル〉の正体が分かった。闇の浄化と治癒能力は、聖女が持つとされる力だ。

「そうか。俺は、聖女の代行者だったのか」

だが、なぜ聖女が直接動かず、適性があるとは思えない俺に託すことになったんだろう？

答えを求めて見つめても、眠ったままの聖女には目覚める気配がない。

俺は〈神眼〉を使って彼女を見た。

幼い聖女の胸には、闇の黒い剣が突き刺さっていた。

「なぜ、聖女に闇の呪いがかかっているんだ？」

問いかけると、カミーラは思いつめた表情で息を呑み、

「聖人様には、見えるのですね」

と、かすれた声で言った。

「聖人様は、治癒魔法をお使いになりますか？」

「〈治癒スキル〉ならある」

「では、それで、治せない病気があることも……」

「知っている」

「……私は、生来の器質的な病で、長く生きられない身体でした」

絞り出すようなカミーラの声で、何が起こったのか、だいたい分かった。

治癒魔法は、人間の本来持っている再生力に基づいた治療しかできない。それでは、カミーラの

生まれつきの不具合を治せなかったのだろう。だが、闇属性の停滞と不活性を使えば、彼女の病の原因を取り除けてしまった。

教会では、長らく闇属性による治療が行われてきた。それに、聖女まで手を染めてしまったのか。

「聖女の力は、人の領分を超えている。それを得るための誓約が、甘いわけがない」

「……申し訳ありません！　私が、幼いあの子の前で苦しむ姿など見せたから、聖女に迷いが生じたのです」

娘のベッドの端に顔をうずめて泣く母親が悪いと、誰が言えるだろう。

そして、聖女が母を助けたいと思ったことも、人間として当然の感情だ。

だが……。

俺はすでに、嫌なことに気づいていた。

聖女の胸に刺さる呪いを〈浄化〉しても、彼女が目覚めることはない。この呪いは、新たな聖女が生まれないように、悪魔たちが聖女の資格をこの場に繋ぎ止めたものにすぎないのだ。

聖女の命は、すでに尽きている。呪いを〈浄化〉すれば、この場にある彼女の身体さえも消えてしまうだろう。

それでも、やらないわけにはいかないんだろうな。

「呪いを解いて、俺がここへ導かれた目的を果たす。……すまない」

俺は、聖女の胸に刺さる呪いを〈浄化〉した。

その瞬間、解放された聖属性の光が、部屋を満たした。

光は部屋の壁も、家具も、周囲の人々も、全てを包み込んで見えなくした。

◇◇◇

気がつくと、俺は何もない真っ白な空間に、ポツンと一人で立っていた。

焦点を合わせるもののない空間で視線をさまよわせていると、ふと目の前に光の粒子が集まり、先ほどまで眠っていた少女の姿が現れた。

「ここは……？」

「おめでとうございます。〈クエスト〉クリアです」

ほほ笑む少女は、見た目よりずっと落ち着いた声で、凪いだ目をしていた。

「色々聞きたいことがあるけど、説明してくれるか？」

「はい。ですが、まずはお詫びを。私の心の弱さのせいで、あなたに苦労をさせることになりました」

聖女は片膝をついて深く頭を下げる、聖王国に特有の礼をした。

「いや。きっと、君が謝ることじゃないと思う」

聖女が犯した罪というのは、闇魔法使いに頼んで母親の病気を治したことだ。子どもが母親の病気を何としても治そうとしただけで死んでしまうというのは、もともとの誓約が重すぎたんだ。

「……聖都の現状は、ご覧になりましたよね」

「ああ。〈神眼〉で見た聖都の闇は、俺の魔力で〈浄化〉できる規模を超えていた」

「私の力は、この世界の守護神様からお借りしたものでした。神様は私に、悪魔が集めた闇の力の全てを浄化できるほどの聖属性の力をくださいました。でも、それは強すぎる力で、釣り合う誓約が厳しくなりすぎたのです」

「そうか、それで……」

聖女の力は、俺よりはるかに強かった。でも、それは人間が持てる限界を超えていて……だから、聖女は死んだのか。

俺が〈システム〉に経験値を下げられた基準にも、つきつめれば人間として生きるのが現実的でなくなるものがあった。俺の場合は下がった経験値を他で補えば前に進める〈システム〉だったけれど、厳しいペナルティを課されていたら、俺もとっくに破綻していたはずだ。

「神様の力を使うには、神様に同調していなければなりません。神様は、何も食さず、何も殺さず、何にも執着しない存在です。私はそれに合わせて、何も口にせず、〈森林浴〉のような力で命をつないでおりました」

「それは、人間には無理だ。失敗しても仕方ないよ」

俺が彼女を庇うように言うと、少女の顔は優しくほころんだ。

「ええ。だから、悪魔に命を絶たれたあと、神様にお願いして〈システム〉を作ったのです」

聖女が死んだとき、守護神の演算した未来では、悪魔による王国と聖王国の汚染を取り除くのは不可能と出たそうだ。神の力は融通がきかず、誓約を通さないで直接手を出せば、世界を歪ませてしまう。だから、神は王国と聖王国を世界から隔離して、創りなおすつもりだった。……創りなおされた世界は、神にとっては今と変わらないものでも、そこで暮らす人間は、おそらく完全な別モノになる。俺たちからすれば世界のリセットは世界の抹消だ。

それを、聖女が止めた。

「一ついいか？　何で、俺だったんだ？」

どうして聖女は、これほどの大役を、俺なんかに任せたのだろう？

俺より強い者も、賢い者も、いただろうに。

「演算された未来のあなたの運命は、魔人となって最悪の結末を迎えるものでした。そのあなたを私の正体や目的を知らせぬまま導いて、あなたに自国の闇を浄化させ、悪魔と互角に戦わせること。それが、〈システム〉に課せられた誓約だったのです」

「〈システム〉の誓約……そういうことか！」

数日前に見た〈ロックの解除〉。あれは、製作者側が俺を導いて誓約を果たしたことによる変化だったのか。

だとするとおそらく、〈システム〉が誓約を果たしたことで、俺が悪魔を封じるための最後のピースが揃ったはずだ。

「それで、さっきクエストクリアだと言っていたけど、報酬として俺が聖女の残りの力を引き継ぐのか？」

聖女ですら扱いきれなかった膨大な力を俺が引き継いで制御できるのか不安ではあるけど、彼女は俺に全てを託したんだ、やるしかない。

しかし、聖女はそれを否定した。

「今のあなたが持っているのは、普通の人間が持てる上限ギリギリの聖なる力です。あなたはその小さな力で、次元の亀裂を閉じ、この世界への悪魔の介入を断つのです。それが、私の考えた攻略法です」

……えっと、どういうことだ？

首をかしげると、聖女はニコリとほほ笑んだ。

「クエスト報酬をお受け取りください」

《クエストを達成しました（☆）
おめでとうございます。「聖王国へ」を達成しました。報酬として、経験値150000を獲得しました。
レベルが上がります。
現在のレベル：99　現在の経験値：――／――
新しいスキルを獲得しました。
新しいスキルを獲得しました》
《称号授与スキルを獲得しました（☆）

称号授与スキルは、対象にふさわしい役目を自覚させることで強化するスキルです。対象にふさわしくない称号を与えることはできません》

《生命の輪スキルを獲得しました（☆）

生命の輪スキルを使うと、あらゆる生き物から余剰の生命エネルギーを受け取ることができます》

大量の経験値が流れ込んでくる。

それに合わせて、聖女の考える攻略法のイメージも伝わってきた。

報酬の受け取りが終わると、俺は〈システム〉画面を閉じて聖女に視線を戻した。

「俺に何をさせたいのか大体は分かったけど、もう少し説明が欲しいな」

前々から思ってたけど、〈システム〉は説明不足でとりあえずやってみろ感が強すぎるんだよ。

しかし、聖女は首を横に振り、

「残念ながら時間がありません。敵が近づいているようです。あなたと強い縁を持つ敵です。お戻りください」

と告げた。

「……そのようだな」

俺にも何となく、誰が来ているのかは分かった。

「最後に、もう一つ謝らせてください。あなたに、辿られなかった運命の、幻の罪の記憶を植え付けたこと、心から申し訳なく思っております」

別れ際（ぎわ）、聖女は俺にそう謝罪した。

俺が前世と思っていたものは、聖女が死んだ時点で守護神が演算した、ありえたかもしれない未来の記憶だったんだな。

深く頭を下げたあと、おそるおそる俺をうかがう聖女には、自分を嫌（きら）わないでほしいという年頃の少女の顔が垣間見（かいまみ）えて、俺は思わず笑（え）みをこぼしてしまった。

「気にするな。十四歳の俺の心は、今思うと危（あや）うい状態だった。〈システム〉によって、俺は何もなければ悟（さと）れなかったことに気づき、絆（きずな）を得ることができた。それは、幸福なことだったと思っている」

聖女の子どもらしいふっくらとした頬に、涙がつたっていた。彼女に手を振って、俺は元の世界へと戻った。

◇　◇　◇

《セリム・ベルクマン　男　16歳
求道者レベル：99　次のレベルまでの経験値：――／――
MP：2844／8725　治癒スキル熟練：7023　聖属性スキル熟練：2791》

《スキル

治癒系
簡易治療：小さな切り傷やすり傷を治す
体力支援(しえん)：闘病中の相手に体力の支援をする
免疫(めんえき)操作：免疫で抵抗(ていこう)可能な病気を治す
並行操作：免疫操作を７名まで同時にかける
再生治療：あらゆる身体の損傷を治す

聖属性系
神眼：聖属性と闇属性を知覚する
聖鎖結界：闇に近しい敵を捕縛(ほばく)し、継続(けいぞく)ダメージを与える
聖守護結界：味方にかけると、あらゆる闇属性の攻撃を無効化する
浄化：悪魔の力の温床(おんしょう)となる闇の穢(けが)れを消し去る
天声：闇に傾きかけた人の目を覚ます
聖なる開花：使用者の周辺に花を咲かせ、付近の人を絶望から守る。３日程度の持続効果あり

その他
森林浴：植物から余剰の生命エネルギーを受け取り、空腹を満たす。僅(わず)かだがＭＰも回復する
海水浴：海から余剰の生命エネルギーを受け取り、空腹を満たす。僅かだがＭＰも回復する
生命の輪：あらゆる生き物から余剰の生命エネルギーを受け取る
称号授与：対象にふさわしい役目を自覚させて強化する。対象にふさわしくない称号を与える

ことはできない》

元いた部屋のベッドは空になっていた。

そのベッドに顔を埋めて、カミーラが肩を震わせて泣いている。

「………」

彼女を慰めて、俺もしばらくは感傷に浸っていたいところだが、状況がそれを許さなかった。

敵がすぐ近くまで迫っている。

感知魔法でそれに気づいたカティアが、血の気の引いた顔で俺を見ていた。

「公子……」

周囲にはまだ聖女の残した神々しい光がただよっているのに、場違いに強張った表情。でも、アレを感知してしまったのでは仕方ない。

今までで最強の敵だ。

「レオ、来てくれ」

決戦に出る前に、レオを呼んだ。

俺に付与された記憶では、王国の魔物の大発生の後、闇に汚染されていなかったルヴィエ領の教会で、レオは勇者の称号を授かっていた。だが、現実には直後のサルミエント家の反乱のせいで、称号を受ける暇はなかった。

俺は〈システム〉画面で〈称号授与スキル〉を選択した。

「受け取ってくれ。〈称号〉、勇者レオ」

〈スキル〉が発動した瞬間、レオの存在感が増した。

ついに、俺の義弟のレオが、記憶の中の勇者の力を超えた。

ちょっと頬がゆるんでしまった。自分のことじゃないのに、自慢したい気分だ。

「それじゃあ、行こうか」


教会の外のただならぬ気配に、街は何となく落ち着かなくなっていた。急にガタガタと震え出した勘の良い子どもを、周囲の大人たちが心配そうになだめている。

街の門を出ると、街道上にラファエラ王女が立っていた。

彼女は無言で、じっとその場を動かない。

近づいていくと、全身に闇の力をまとった王女の、片方の瞳だけが聖属性の光を放っていた。

「〈聖鎖結界〉」

今までの魔人と同じように、俺は王女を結界で封じようとした。しかし――。

パキンッ！

彼女に巻きつこうとした鎖は、あっさりと断たれてしまった。

「〈聖鎖結界〉に、聖属性魔力で返された」

〈聖鎖結界〉に含まれる聖属性の力はわずかで、ほとんどは結界魔法で構成されていた。王女のように少しでも聖属性が使えれば、解除されてしまう。

「困ったな、どうしようか」

他に使えるのは〈浄化〉だけだが、王女の闇魔力は俺が一回で〈浄化〉できる量を超えていた。

「任せろ」

打つ手のない俺に代わって、レオが王女に剣を向けた。完成したばかりのドワーフ謹製の大剣は、レオの達人級の腕を、誰の追従も許さない域にまで高めていた。

王女とレオの、激しい斬り合いが始まる。

ヒュオッ！

王女は闇をまとった細剣をもの凄いスピードで何度も突き出す。普通の剣士なら身動きできず圧倒されそうな勢いだ。

しかし、レオは平然とそれを躱し、撥ね退け、自分の攻撃の手も緩めない。

「ヤバ。これ、援護しようにも二人の動きについていけない」

ギルベルトの率直な呟きは、無言のままの他の者たちの本音でもあった。

「王女の相手は、一対一でレオに任せた方が良いな」

強すぎるレオは単独の方が動きやすそうだった。

「それじゃあ、俺は街の側に防御結界を張りますね。攻撃が漏れて民間人に被害が出るといけないので」

「分かった、頼む」

　ギルベルトに街の防衛を任せた。

《悪魔の狙い（ねら）は、王女にあなたを殺させることです。あなたを殺せば、王女は完全に悪魔の支配下におかれます。あなたの身を守ることを優先してください》

〈システム〉画面が話しかけてきた。

　――直接会ったことで、自由に会話できるようになったのかな？

《制限はあります》

　――そっか。

「王女の手で俺が殺されると、王女が完全に悪魔に支配されてしまうらしい。俺を守ってほしい」

　両隣のナディアとカティアに頼んだ。

「分かったわ」

「かしこまりました」

　二人は俺の少し前で剣を構えた。

「でも、何で俺が王女を支配するための条件になるんだろう？」

疑問を口にすると、二人に微妙な顔で見られた。彼女たちには理由が分かるのだろうか。

「周りが勝手に教えることじゃないわ。気になるなら、意識の戻った本人に聞いてみたら？　それより、レオは大丈夫かしら。押してはいるようだけど」

最強の魔人である王女相手に優勢に戦えているのは、それだけ卓越してレオが強いからであるが、同時に、魔人に無理やり操られた王女が、彼女本来の戦闘センスを発揮していないからでもあった。

俺たちが見ている前で、レオが王女を真っ二つに斬り裂く。

だが、王女は黒い霧となり、再び集まったときには少しもダメージを受けていない状態だった。

《悪魔たちが全力でサポートしているようです。自らの力を用いて、聖都にある大量の闇魔力を、こちらに転送してきています。エネルギーの流入を止めないと、勝つことはできません》

〈システム〉が解説してくれる。便利な機能がついたな。

《エネルギーの流入を止めるには、最後のピースを埋める必要があります。称号スキルを使ってください》

——ああ。それ、やっぱりやらないとダメなのか？　絶対、自称するものじゃないと思うんだけど……。

《迷いは称号の力を弱めます。堂々と名乗ってください》

——分かったよ。でも、問題が解決するまでだからな！

俺は腹をくくって声を張り上げた。

「〈称号〉、聖人セリム」

とても釣り合わないと思った自称は、それでも、俺の存在を作り変えた。

しかし、〈スキル〉が発動しても、レオのときのように力が増すことはない。俺の聖なる力は、すでに普通の人間にとって上限にまで達していたからだ。

変化したのは、中身だった。

「〈聖守護結界〉」

言葉と同時に発動した〈スキル〉は、以前のように対象を包み込んで守るものではなく、ドーム型の領域結界になっていた。

聖人の称号を得たことで、全自動だった〈スキル〉に、俺の手を加えられるようになった。

巨大なドーム状の結界は、俺たちとレオと王女を囲み、外からのエネルギーの流入を遮断（しゃだん）した。

「これで、エネルギーが有限になったたな」

悪魔の支援を断たれた王女を、すごい勢いでレオが削（けず）っていく。何度か再生するうちに、王女の闇魔力は弱まり、彼女の持つ聖属性と闇属性の力が拮抗（きっこう）してきた。

「レオ、そこで止めてくれ！」

もう少しでとどめを刺しそうなレオにストップをかける。

ここで王女を消滅させたら、悪魔に彼女の魂を持っていかれてしまう。

レオが攻撃を止めると、王女も動かなくなった。

斬られた傷から黒い霧を流す王女に、俺は近づいた。

「危険です！」

カティアが叫ぶが、手で制した。

王女の近くで、レオも警戒を続けている。

俺は王女の前までくると、片膝をついて両腕を伸ばした。

「お手を、王女様」

キョトンとした表情の王女が、剣を置いて俺に右手を差し出した。

その手を両手で包み込む。

「〈生命の輪〉」

俺と王女を中心に、エネルギーの渦が巻き起こった。強い風は、しかし、誰も傷つけない優しい力だった。

俺の手の中に、あらゆる生き物から少しずつ受け取ったエネルギーが集まってくる。それを使って、混乱した王女のマナを整え直した。リヴィアン島で一度経験したことだ。あのときは、エネルギーを受け渡したリヴァイアサンとの共同作業だったけど、今度は一人でやり切ってみせる。

──もう、悪魔には何も奪わせない。

〈聖守護結界〉のドームの中を、エネルギーが吹き荒れた。風の中心で、俺は王女の手をずっと握り続けていた。


王女の魔力の乱れが整うにつれ、彼女の顔から翳りが消えていった。

穏やかな表情で、彼女は俺と繋がった手を見つめていた。

しかし、やがてその姿は小さな粒子となり、彼女の魔力は大気に溶け出していく。

魔人化した者は、その時点で人間としての命を終えている。生き返らせることはできない。

「すまない。元通りに復活させることはできないんだ。でも、悪魔のところには行かせない。生まれ変われる」

結局、俺にできる最善手はそれだけだった。

それでも、悪魔に魂を捧げた者の末路を知りながらサティ伯爵もマルクも救えなかった俺が、やっと、王女の魂だけは守ることができた。

ラファエラ王女は、守護神の当初の演算通りに俺が魔人化した世界では、闇に囚われることも、この場で死ぬこともなかった人だ。……これもまた、俺の運命の改変の結果だった。

消えていく王女と目を合わせると、最期に彼女はほほ笑んでくれた。

「ありがとう」

王女を形作っていた粒子から、色が消えた。

彼女の魔力は属性を失い、一つのエネルギーのまとまりになった。

俺は、ただ王女のために黙祷した。

《王女ラファエラの魂に、超越した力が刻まれました》

ゆっくりと開いた俺の目に、〈システム〉の画面が飛び込んでくる。

思えば、ラファエラ王女は魔人となり、さらに悪魔の支援を受けたことで人間を超越した力を持つ者になっていた。実際の戦闘ではレオに負けたが、エネルギー総量では勇者にも勝っていたのだ。

その上で、闇属性と聖属性を同時に身に宿し、最期には聖属性と闇属性を拮抗させた。

魂に刻まれた経験は、彼女をより上位の存在へと生まれ変わらせる。

《聖人セリムが、龍なる者の覚醒に立ち会います》

「何っ⁉」

再び、結界内を強い生命エネルギーが吹き荒れた。エネルギーは俺の前に大きな繭のようなものを形作る。

「感知したことのない、すごい量のエネルギーです！」

カティアが叫ぶ。

繭から放たれるエネルギーで、俺の〈聖守護結界〉が吹き飛んだ。

やがて、繭の中から何かが生まれた。

白く美しい身体のドラゴンだ。だが、その瞳には深い闇を宿し、黒い爪や角にも闇の魔力を漂わせている。

生まれたばかりのその幼い龍は、聖なる力と闇の力を等しく持っていた。

善なる者には優しく、悪には厳しい断罪を与える。審判は、苛烈な気性の龍自身が決する。

人間の敵にも味方にもなりうる存在だ。

しかし、目の前に現れた輝く龍の子どもは、その存在感に見合わない無邪気な顔をしていた。彼女と目が合って、俺は自然と声を発した。

「〈称号〉、守護龍ラファエラ」

龍に人を護る者の〈称号〉を与える。ちょっとズルい気はするけど、できれば人間の敵にはならないでほしかった。生まれ変わった龍はラファエラ王女の記憶を引き継いでいない、王女とは別の子なのだけど。

「ピヨッ」

小鳥みたいな高い声で龍が鳴いた。

彼女は長い首を傾げ、大きな瞳でジッと俺を見つめる。

「……初めまして？」

「ピヨッピヨッ」

可愛らしい鳴き声だ。生まれたての赤ちゃんだからなんだろうけど、声と姿のギャップにちょっと戸惑う。

すると、龍の身体はみるみる縮んで、小さな鳥へと姿を変えた。

俺の顔の前でホバリングする龍に片手を差し出す。文鳥みたいな姿になった彼女は俺の人差し指にちょんと乗った。

「もしかして、一緒に来てくれるのか？」

まだしゃべれない龍は、つぶらな瞳だけで「そうだよ」と伝えていた。


《あなたは龍の生誕に深く関わりました。あなたが死ぬまで、龍はあなたを守り、あなたが命じたことに全て従います。気をつけて育ててください》

――マジか。

「連れ歩くなら、ラファエラって呼ぶのはマズいな。王女とのつながりを疑われて面倒になるかもしれない。うーん、あだ名みたいな感じで、これからラフィって呼んでもいいか？」

「ピッ」

ラフィは元気よく返事をして、俺の肩に乗ったり腕に止まったりして遊んだ。

「……深刻な場面だから黙っていたけど、私、何だか壮大な浮気現場を見せられた気がするの」

振り返ると、ナディアが目と鼻を赤くして、ハンカチで目元を拭っていた。言っていることと表情が合っていない彼女を見るのは珍しい。

「ピ？」

ラフィは首を直角に曲げて不思議そうにした。

「えっと、この子は王女と繋がっているけど、別の存在なんだ。まだ生まれたてで何も分かっていない。可愛がってくれると嬉しいかな」

「……そうね。私も小鳥に嫉妬するのはやめとくわ」

ナディアがラフィの首回りを撫でると、ラフィは気持ちよさそうに目を細めた。

「王女……うっ……公子、この子のこと、可愛がってあげましょうね！」

いつの間にか、こちらに戻ってきたギルベルトも大泣きしていた。

「そうだな。大事にする」

俺はもう一度ラフィのつぶらな目を見て言った。

ちゃんと育てないと。リヴァイアサンみたいな変な龍になったら大変だ。

「ふう……」

パタパタとナディアやギルベルトの周囲を飛び回るラフィを見ながら、俺は無意識に大きく息をついた。戦いが終わって緊張がゆるんだのかもしれない。

「一旦、休憩にしないか？　翌日まで睡眠をとるくらいは、してもいいと思うぞ」

と、レオに言われる。

「そうだな」

大泣きしたナディアやギルベルトも休ませた方がいいだろう。

「ラフィ」

しばらく好きに遊んでいたラフィを呼んで肩に乗せると、俺は街に戻ってその日の宿を借りた。

◇　◇　◇

翌朝、街を出るとラフィに龍の姿に戻ってもらった。

「頼めるか？」

「ピッ！」

ラフィは翼を下ろして、俺たちが乗りやすいように首を地面につけた。

「運んでくれるんですか？　すごい！　ドラゴンに乗って移動するなんて、超カッコイイじゃないですか」

ギルベルトが嬉しそうに言う。

「ありがとう、ラフィ」

俺がたてがみを撫でると、ラフィは空へと舞い上がった。

皆を乗せて、ラフィが空を駆ける。

「ナニコレ、ものすっごく速い！」

高速で流れていく景色に、ナディアが弾んだ声で言った。

「これだけ速度を出すと、振り落とされないように守るのも大変だな。風壁結界……ん？」

「ピッ！」

強い風の抵抗から皆を守るために結界を使っていると、ラフィが俺の結界を真似して覚えてしまった。

「ピッピッ」

「俺の魔力は温存しておけって？　すごいな、ベルクマン結界の応用を一発で覚えるなんて、ラフィは天才だな」

「ピッ」

ラフィは得意げな様子で、さらに飛行スピードを上げた。

「ベルクマン結界なら俺も……」

レオが謎の対抗意識を燃やすが、

「レオ君、結界魔法だけは苦手でしょ。無理しなくていいよ」

と、ギルベルトに止められていた。

行きに俺たちが身体強化をして走ったときも常識外れの速度だったのだけど、龍はそれよりも速かった。

あっという間に、闇に覆われた聖都が近づいてくる。

「暗雲たちこめる中に、まさに突入ですね」

感知能力に優れたカティアは、聖都に近づくことにすら嫌悪感をおぼえるらしく、緊張した面持ちで言った。

「この中で暮らしている人たち、大丈夫かしら……」

ナディアは心配そうに街を見下ろす。

「闇の力が攻撃に使われない限り、ただちに命に関わることはないだろうけど、良い環境でないのは確かだな。よく見ると、建物は多いけど、人影はまばらだ」

聖都の中は、立派な建物が並ぶ大通りすら、寂れた空気が漂っていた。

この様子じゃ、街から逃げ出した人も相当数いると思う。

疑似記憶の前世で外国の情報までは得られなかったけど、このままでは王国より先に聖王国が崩壊してしまいそうだ。

「ラフィ、大聖堂前の広場に下りられるか？」

俺は真っ直ぐにこの闇の中心を目指した。


バサッ……。

巡礼の人もまばらな教会の敷地内、聖堂前の広場にラフィが羽を下ろす。

その様子に、驚いた教会関係者が駆け寄ってきた。俺たちが現れるまで無人にも見えた広場は、とたんに人で埋め尽くされた。

「何者だ？」

「不審者め。ドラゴンを連れて何をする気だ⁉」

俺たちを囲んで、聖騎士たちが剣を構える。

「〈聖なる開花〉」

俺はまず、教会の敷地を〈聖なる開花〉の領域で埋め尽くした。

「何だ？　幻覚攻撃か⁉」

教会関係者たちは混乱した様子で辺りを見回す。

「……違います、これは、攻撃ではない！　むしろ、神に近い何か……」

こんな状況でも、まともな聖騎士もいたらしい。聖属性魔力を使った俺を見て、何人かの騎士は俺たちに敵意を向けるのをやめた。

だが、ますます憎悪の目で俺たちを睨む者もいる。

そこへ、ふと風が舞い、闇の霧が立ち昇って、一人の老人の姿が現れた。

「教皇様？」

「落ち着きなさい。あの者たちは背教者です。ただちに処断しなければなりません」

金糸をふんだんに使った僧衣をまとった教皇と、彼に寄りそうきらびやかな甲冑を身に着けた聖騎士。彼らは聖職者と呼ぶのに無理があるほど醜悪な表情で俺たちを睨んでいた。

「敵の中に魔人が複数体います。特に教皇の強さは、王都の大司教より上でしょう」

カティアがそう言うと、

「問題ない」

と、レオは一瞬で教皇の魔人に接近し、一刀両断してしまった。

「なっ――⁉」

教会関係者から悲鳴があがる。

「〈聖守護結界〉」

俺は霧になった教皇の周囲を、結界で囲んだ。

「これでしばらく彼の魂は守られる。でも、全ての魔人に同じことをしていると、魔力が足りなくなるんだ。しばらく敵を抑(おさ)えてもらえるかな」

俺はそう言った後、集まってくる聖騎士たちに向きなおった。

「静まれ！　闇に惑(まど)わされるな。おのれの行いを省(かえり)みよ！」

声を張り上げて〈天声〉を放つ。

ガラッガランッ。

呆然(ぼうぜん)と立ち止まった聖騎士の手から剣が滑(すべ)り落ちた。

闇に浸食(しんしょく)されていなかった過半数は、これで戦意を喪失(そうしつ)した。

「〈聖鎖結界〉」

残りの敵は〈聖鎖結界〉で拘束(こうそく)する。

「準備完了(かんりょう)だ。増援が来たら……なるべく殺さないように、この場を守ってくれ。奥の元凶(げんきょう)を閉じてくる」

そう仲間に頼むと、俺は聖堂の扉をくぐった。

聖堂の中は埃っぽく、誰もいない荒れた寂しい空間だった。

世界中に多くの信徒を抱える教会の中心にありながら、手入れされずに放っておかれたようだ。

「不思議だな。ここに広がっているのは真っ暗な闇の力のはずなのに、はっきりと見ることができる」

辺りは光を呑み込む闇に包まれていた。だが、視界は良好だ。

《敵の正体――悪魔は異界の存在です。こちらの物理法則は通用しません》

「そういうものか」

俺はゆっくりと聖堂の中を進んでいった。

礼拝堂の最奥、荘厳な祭壇に麗しい姿で祭られていたはずの守護神像は破壊され、あいた空間に黒い大きな亀裂が見られた。そこから、闇の力が噴き出している。

敵は、この亀裂の先にいる異界の悪魔たちだ。

《悪魔がこちらに干渉するにも制約があります。悪魔が直接この地に降り立つことはできず、闇の力を使ってこちらの生物を操る必要がありました》

「そうだな。最後にレベルアップしたときに、〈システム〉——エヴァの知識の一部も共有できているよ」

悪魔は、この世界の魂という最高のエネルギーを欲していた。だが、それを手に入れるには、ターゲットにこの世界との繋がりを切らせる必要があった。だから、奴らは人々の抱える闇を増幅させ、欲望をかきたて、絶望させ、世界を否定させようとした。

この世界の守護神は、悪魔の干渉を絶つために、悪魔の用いた闇を全て浄化しようとした。だが、その試みは失敗する。

聖女は誓約に耐えきれなくなった。人間はもともと闇を抱え、闇を生みだす存在だから。

闇は初めからこの世界にあったものだ。否定して、異界の悪魔に使わせてはならなかった。

「悪魔に奪われた闇を取り戻し、世界の中に受け入れなおす。それが、エヴァの導き出した攻略法、だろ?」

《……はい》

聖なる存在である神には絶対に選べない方法。だが、人間はもともと善悪どちらでもあるものだ。

俺は両手を次元の切れ目に向けた。

ゴウッ……！

吹き荒れる闇の力が俺を呑み込もうとする。

「〈生命の輪〉」

この世界のあらゆる生命からエネルギーを分けてもらい、俺はバラバラになりそうな自分の身体をその場に留めた。

「この状態で進めるのか。なかなかキツいな」

《この世の闇から異界の干渉を取り除く。理屈としては単純です》

「そうか?」

《はい。術式はシステムが組み立てます。あなたは、闇に囚われた人々の心に寄り添ってください》

「ははは……ぐっ……簡単そうに言うじゃないか」

両腕から、俺の中に闇の力が流れ込んでくる。俺は人間の醜い心の渦に巻き込まれた。

子どもの俺を囲む家庭教師たちの、見栄と保身に走った思惑。そんなのは序の口だった。

ラファエラ王女が実父から受けた仕打ちを知ると、ラフィを絶対に大事に育ててやろうという気になった。

でも、それもまだ甘い方。

人間は、他者から奪い、殺し、果てることのない己の欲望のために、この美しい世界をいくらでも破壊できる。

人の世は、どうしようもない闇であふれていた。

その一つ一つは、許してはならないことだ。でも、世界そのものを否定はしない。

それぞれの闇から、悪魔の干渉をはがしとり、代わりに、少しの希望と温かさを届ける。

気の遠くなりそうな修練。俺の意識を支えるように――。

《セリム、私も、ともに……》

「そうだったな。もともと二人から始まった運命の改変だ。最後まで一緒にやりぬこう」

〈システム〉による高速演算の補助を受けて俺は思考を加速させ、悪魔の干渉の付着した闇を次々と元の形に戻していった。

「異界のものは異界に返してやる」

引きはがした悪魔の干渉は、異界に送り返す。ずる賢い悪魔はわずかな力で人の心の闇を増幅し、利用していただけだ。この世界の闇を再びこの世界が受け入れたら、わずかな異物にできることなどない。

「これで終わりだ」

闇の力は悪魔による統制を失い、方々に散っていった。

《異界の悪魔とこの世界の繋がりが絶たれました。次元の亀裂を修復します》

次元の裂け目が閉じていく。

悪魔たちがどんな誘惑をしても、もう効果はない。醜悪な心も、びっくりするほど崇高な心も、どちらも人間のものなんだ。

……………………

…………

……

そして、危機は去った。

聖都を覆っていた闇が、薄くなっていく。

消えたんじゃない。世界に、散っていっただけだ。

悪魔が生み出した魔人たちは、悪魔による制御を失い、霧となって消える者も、新たな魔物として命をつなぐ者もいるだろう。

世界が浄化されたわけではない。今も、いたるところに悪い奴がいる。

それを見て、正義を志す者がいて、中には、聖人を目指す者も出てくるだろう。

聖堂から出ると、仲間たちが待っていた。

「どうだった？」

恐る恐る問いかけるナディアに、俺はニッと笑ってみせた。

「やれることはやった」

そう言うと、皆の表情も明るくなった。

俺が大聖堂にいる間、仲間たちが食い止めていた教会関係者たちは、消え去った魔人と薄れていく闇の気配に驚き、呆然としていた。

「悪い夢を見ていたみたいだ」

〈聖なる開花〉の花畑で膝をついた聖騎士の一人が呟いた。

ほとんどの人たちが、ぼうっと中空に視線を漂わせている。だが、その中の一人のピントが、ふと俺に合わさった。

「……聖人様？」

彼の言葉は静かに響(ひび)き、周りの教会関係者たちに伝播(でんぱ)していく。

見開かれたいくつもの瞳が、一斉(いっせい)に俺たちを映した。

「ねえ、これ、マズくない？」

ハッとしたようにナディアが言う。

「ああ。俺たち、不法入国者だったな」

正体がバレると色々とややこしいことになるぞ。

「それだけじゃないわよ。王家の許可を得ずに外国に来て聖人様なんて崇(あが)めたてられたら、王国の外交権を侵害(しんがい)したって弾劾(だんがい)されかねないわ」

「ヤバいな。急いでここを去ろう」

聖都の人たちが本格的に動き出す前に、俺たちは退散することにした。

「ラフィ、頼む」

「ピッ！」

白黒のドラゴンが翼を広げる。

俺たちは大急ぎでラフィの背に乗り、大空へと飛び立った。

再び国境を越える。

王国旗がひるがえるサルミエント領の上空を通りすぎ、王都へと戻る頃には夜になっていた。目立たないように、王都の少し手前でラフィの背から下りた。

「ここからは、歩いて帰ろう」

文鳥姿のラフィを肩に乗せ、春の夜の静かな草原を、皆で王都に向けて歩いた。

「不思議な気持ち。人生の重要な旅を、今、終えたのね」

ナディアが見上げた空は澄んでいて、無数の星が輝いていた。

「短い旅だったが、その中で俺は勇者になった」

レオはじっと自分の手のひらを見つめていた。何となく、彼の戦いはこれからも続いていくんだと思った。その戦いと、俺のゆく道は、きっと交わったり交わらなかったりするんだと思う。

「公子の活躍をこの目で見たのです。おしゃべりは苦手ですが、口下手なりに、ヴァレリーに土産話をしてやろうと思います」

カティアは誇らしげで、嬉しそうだ。

「それじゃあ、俺は公子の側近皆に、結末を教えてやろうかな」

ギルベルトはサルミエント領で別れた側近たちのことを思い出し、それから、

「でも、リーゼロッテに教えるのは大変だろうな。公子が活躍する話をしたら、アイツのテンション、すごいことになりますよ」

と言って、頭を掻いていた。

「そうだな。魔物の討伐からサルミエント領の救援まで、皆ぶっ通しで頑張ってくれてたんだ。帰

ったら、労ってやらないとな」

俺は立ち止まり、皆の顔を一人一人眺めた。

「ありがとう。皆のお蔭で、俺は託された使命を果たせた」

仲間たちの満たされた顔。俺もきっと今、同じ表情をしている。

俺はまたゆっくりと歩き出した。


ふいに、俺の前に半透明の板が現れた。〈システム〉だ。

《悪魔の侵攻から、世界を救いました。システムの最終目標を達成しました》

やり遂げた満足感に、寂しい予感が混ざり込む。

〈システム〉の最終目標を達成した。それはつまり……。

《お別れです》

――そうだな。〈システム〉、エヴァはどうなるんだ？

《生まれ変わります。またどこかで、お会いしましょう》

――そうか、世話になったな。……待っているから、俺の近くに生まれ変わってくれ。また会おう。

《……システムが役目を終えました。アンインストールが開始されます》

俺の身体から、光があふれだす。

去っていく光を追いかけて空を見上げた。

藍色(あいいろ)の夜空で、天に還(かえ)った〈システム〉の光は、星と混ざり合っていつまでも輝いていた。

エピローグ

聖魔（せいま）時代の王国史には、同時期に二人のセリムが登場する。

聖人セリムと工神セリムだ。

聖人セリムは王都地下の闇（やみ）を浄化（じょうか）し、神龍（しんりゅう）とともに聖王国を救ったと記録されている。しかし、彼（かれ）については謎（なぞ）が多く、存在を疑われる場合もあった。

工神セリムは魔物を防ぐ無人防御（ぼうぎょ）結界を開発し、その後の世界の飛躍（ひやく）的発展の礎（いしずえ）を築いた人物だ。彼は、森林のエネルギーを自動的に取り込（こ）み結界を維持（いじ）させるという、当時の技術力から隔絶（かくぜつ）した設計図を生み出した。

工神セリムの記録は多く残っている。彼が創業した商会が、現在まで存続しているからだ。彼の商会は、後に世界経済を牛耳（ぎゅうじ）るほど隆盛（りゅうせい）を極（きわ）めていた。

さて、ご存じの通り、昨今、聖人セリムと工神セリムを同一人物とする創作小説が、民間で大流行している。小説や舞台（ぶたい）だけを見た人の中には、物語のセリムと実在のセリムを混同している人も多いだろう。

しかし、専門家たちはこの聖人と工神の同一説に否定的だ。

大きな理由の一つは、まず単純に、聖人の偉業（いぎょう）と工神の革新的な発明を一人の人間がやり遂（と）げるには、人間の寿命（じゅみょう）が短すぎるということだ。聖人と工神が同一人物なら、彼は一五、六歳（さい）で奇跡（きせき）を連発していたことになる。

次に、聖人セリムはベルクマン家出身であったが、工神セリムは当時ルヴィエ領の機密とされていたドワーフと協力関係にあった。工神がベルクマン家出身者だとすると、ルヴィエ家は数多の秘密を他領出身者に握られていたことになる。

また、工神セリムには、高位の貴族というにはフットワークが軽すぎる逸話が多かった。

とはいえ、多くの矛盾を抱えていても、高潔で慈悲深いセリムの活躍は、人々の心を打つものである。市中で人気の物語として、今後も読み継がれていくことだろう。

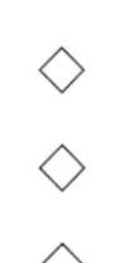

「なんだいアンタ。婿に行ったって聞いてたけど、出戻ってきたのかい？」

自宅の玄関先で、アマンダは不審げな目つきで俺を睨んだ。

「こっちに俺の商会の支店があるんだ。その視察に来たついでに寄った」

「そうかい。まあ、遠方から来たんだから、茶ぐらい出してやるよ」

見慣れた家の中で、なみなみと注がれたお茶は、相変わらずとても薄かった。

それから、アマンダは昔よくしてくれたように、リンゴをむいてくれた。その手の甲は、シワだらけになっていた。

今思うと、俺と初めて会った頃のアマンダは、まだ若かったんだな。一時期再開していた薬師も、もう引退したと聞いた。

アマンダは俺の前にリンゴを置き、それより小さな皿で、肩に乗っていたラフィの分もくれた。

ラフィは俺の肩から下りて、リンゴを無心につつきだした。

「アマンダに、ルヴィエ領土産だ」

そう言って、俺が木彫りの人形を一つ渡すと、アマンダは大きなため息をついた。

「アンタは、本当に変わらないねぇ。今も、何だっけ、一日一善とかいうのを続けているのかい？」

〈一日一善〉か。懐かしい言葉を聞いたな。だが――。

「そうでもない。今は、一週一善程度だ」

「ああそうかい。大商会主様は忙しいのかい？」

そう言われて、意外な気がした。

「アマンダが、俺の商会のことを知っていたとはな」

「そりゃ分かるよ。ヨハンの奴が、アンタのところの商品をやたらと買ってきて自慢するんだから」

「ほう。それはありがたいな」

商会を立ち上げたのは、側近たちのためだった。

俺が公爵を継がなかったことで、一番迷惑をかけたのは彼らだ。特に、ヴァレリーとカティアを含む何人かは、俺に付いてルヴィエ家まで来てくれていたから。

彼らの能力を無駄にしないために、寒村や貧民街を支援する商品を半ばボランティアで普及させる商会を作った。だが、小さな店にはオーバースペックだった側近たちは、見る間にそれを、王国全土に支店を持つ大商会に拡大してしまった。

「色々あったんだよ、俺も」

薄い茶を飲みながらしみじみと言うと、しかし、

「当たり前のことを言うんじゃない！　若者の人生が刺激に満ちているなどと、今さら儂に言って自慢のつもりか！」

と、理不尽な理由でアマンダに怒られた。

――本当に色々あったんだよ。海龍による俺とラフィの修行だとか、勇者と魔王の戦いだとか、ラファエラ王女の件で国王に落とし前をつけさせようとしたナディアの暗躍だとか……。

でも、全部ここでアマンダに話しても、おとぎ話の一種程度にしか聞こえないのだろうな。

リンゴを食べ終わった。長居してもわるい。そろそろ出るか。

「ありがとう。そろそろ帰る」

「ああ、そうかい」

席を立って出ようとすると、しかし、アマンダに止められた。

「ちょっと待ちな！　アンタ、何お客様気どりしてるんだい。出された皿くらい洗って帰りな！」

アマンダはしっかりとした力で俺の腕を掴んで怒鳴った。まだまだ元気な彼女に、俺は頬を緩める。

「そうだったな。分かった、今日は久しぶりにアマンダを手伝おう」

世の中の目まぐるしい変化を忘れさせてくれるこの家に来られるのが後何回かは分からないけど、

もうしばらくは大丈夫(だいじょうぶ)そうだ。

その日、俺は夜までアマンダの家でこき使われていた。

《アマンダの家の掃除(そうじ)をしました。経験値が上がります》

もう現れることのない、そんな画面を思い出しながら――。

番外編1　セリム公子、王都の祭りを見物する

ヴァレリー・メルダースの人生の目的は、物心がつく前にすでに決められていた。

彼は、たまたま都合よく、メルダース家が代々仕えるベルクマン公爵家の長男が生まれる一年前に誕生していた。だから、彼はオーダーメイドのように、セリム公子に仕えるために育てられてきた。

幼い頃のセリム公子は、余裕のない少年だった。癇癪持ちで、気に入らないことがあるたび周囲に当たり散らす。その態度は、ヴァレリーから将来への夢や希望を失わせるのに十分なものだった。

しかし、真面目な彼は、代わりに強い職業意識を持つようになった。――主がどんな人物であれ、将来のベルクマン公爵家は自分が差配する。そのために、プロフェッショナルとして必要なことをすべて身につけようと。

ヴァレリーはセリム公子に期待しないまま、彼に仕えていくことを決めた。

だが、ヴァレリーを失望させたセリム公子は、十四歳で激変することになる。

再会した公子は、ヴァレリーに命じて領都や王都で病人を探させた。彼は飽きもせず毎日毎日病人の治療に歩き回り、時には魔力を枯渇させてフラフラになりながら、無償で治療を続けた。

ヴァレリーが知らぬ間に、セリム公子は困っている人がいれば必ず助ける、聖人のような人物になっていたのだ。

◇　◇　◇

第一魔法学園一年生の二学期。

王都は、毎年恒例の秋の祭りで賑わっていた。

祭りの期間中、貴族の付き合いで夜会やら茶会やらに引っ張りまわされていた俺は、四日目の夕方から、ようやく自由時間を作ることができた。

「ハア。やっと街に行けるぞ。これで約束を果たせそうだな」

以前に治療に行ったときに、街の人たちから広場の催しを見に来るように誘われていたのだった。

「中央広場のサーカスが、本日一番の見どころのようです。指定席を取っておりますので、時間になったら行きましょう」

「ありがとう、ヴァレリー」

「動物のショーが有名なサーカス団だそうですよ。楽しみですね」

街歩きにはギルベルトを筆頭に、側近たちやレオもついてきていた。

「お前たち、自由時間なんだから、分散して好きに遊んでもいいんだぞ？」

「「いいえ、同行させてください！」」

二周目の人生では、なぜかいつもこんな感じで、側近たちが俺から離れない。

「そうか。まだサーカスまで時間があるし、行きたい場所があったら言え。皆で回ろう」

「それなら、屋台を見ませんか？　焼き鳥が美味しいそうですよ」

　ギルベルトに言われて、俺たちは屋台のある通りに向かった。

「セリム公子様、いらっしゃいませ。全部タダにしますから、どんどん持っていってください！」

　屋台では、以前に治療したことのある男性が働いていた。

「いやいや、俺、今、大勢連れてるからね」

「公子様、ウチの包み焼きも持っていってください。公子様が食べたって宣伝すれば、後からいくらでも売れるんで」

　街の人たちが次々と俺に声を掛けてくる。どうやら〈治癒スキル〉を使うために王都を動き回っているうちに、顔を覚えられたらしい。

「あ、レオ……！」

　屋台で話を聞いていると、後ろからレオの名前を呼ぶ声がした。振り返って見ると、ショートカットの小柄な少女が、こちらに駆け寄ってきていた。

「ミーナ、祭りに来てたんだな」

　と、レオが言った。

　彼女は以前に食中毒の治療をしたときに会ったことのある、レオの幼馴染だった。

「うん。中央広場のサーカス、見に行くでしょ？　あれの舞台の設営、ウチらが仕事受けてたんだよ。後で見といて」

「分かった」

レオは王都の平民出身だから、この辺に知り合いも多いのだろう。彼が穏やかな顔で女の子と会話しているのを、側近たちが珍しそうに見ていた。

「新しい妄想ネタを手に入れたかもしれませんわ～」

そんな彼らの中で、特にリーゼロッテがニヤニヤと興味津々に二人を観察している。

「お前は、しょうもないことを考えてないで、焼き鳥でも食っとけ」

「ああんっ、女子に不愛想に焼き鳥を突き出す公子も、イケメンだから素敵ですわ～」

リーゼロッテは今日も絶好調だ。

だが、ふざけあう俺たちを他所に、ふいに向こうの広場の方がザワザワと騒がしくなっていった。

そのとき、若い男が大声で叫びながらこちらに走ってきた。

「ミーナ、大変だっ！　トラブル発生！」

「どうしたんだよ、そんなに慌てて」

と、ミーナが答える。

何かあったことを察して、俺たちは二人の会話に聞き耳を立てた。

「サーカスの檻が壊されたっ」

「何だって⁉　壊れないように、王都指定の基準より頑丈に作ってたんだよ？」

「どうしようもない。酔っぱらいの魔力ばかり強いお貴族様の悪ふざけだ」

「ああ、そんな……」

ミーナはガクリと項垂れた。

「何が逃げたんだ？」

俺は、走ってきた男にたずねた。

「魔力を持たないトラです」

「それは！　急いで捜さないとな。――カティア、魔力のない生物の探知はできるか？」

俺は、護衛でついてきていたカティアの方を振り返って言った。

「魔力なしの生物は探しにくいですが、頑張れば可能です」

「なら頼む。被害が出る前に、急がないとトラが危ない」

「悪ふざけする子どもなんかに捕まって、トラが殺されたらかわいそうですもんね」

と、ギルベルトが言う。

魔力なしの生き物はか弱いからな。すぐに保護してやらないと。

「こちらです」

俺はカティアの案内に従って、大通りを逸れた細い路地を進んでいった。


祭りの最中、皆が出払って、住宅街はいつもより人が少なくなっていた。静かな道を歩いていくと、曲がり角に差し掛かったところで、黄と黒のシマシマの尻尾を見つけた。

「ガウッ！」

トラは俺たちに気づくとすぐに駆け寄ってきて、飛び掛かるようにして俺に抱きついた。

「よしよし、怖かったんだな」

前脚(まえあし)で俺にしがみつくトラの背中を撫(な)でてやった。

保護したトラを連れてサーカス団のいる広場に行くと、テントの前でミーナが待っていた。

「ありがとうございます、公子様」

ミーナとサーカス団の人たちによって、トラは無事に檻に戻(もど)された。

だが、トラが戻っても、人々のソワソワした空気は消えなかった。

「他にも逃げた動物がいたのか？」

俺はミーナに聞いてみた。

「はい、氷雪ショーに使うユキウサギが十羽ほど脱走(だっそう)したんです」

「それは、危険だな」

氷属性を操(あやつ)るユキウサギ十羽に囲まれたら、大人でもひとたまりもないぞ。

「ユキウサギはどこに？」

「屋台のある通りで、リンゴ飴(あめ)の店を襲撃(しゅうげき)しています。結界魔法を使える人たちで包囲してはいるのですが、凶暴(きょうぼう)なのでどうやって捕獲(ほかく)しようか話し合っているところです」

「分かった、行ってみる」

俺たちは急いでさっきまでいた屋台の通りに戻った。

屋台ではウサギたちがリンゴ飴を食い荒(あ)らしていた。

「ウサギやべぇ。リンゴ飴の芯まで全部食ってら」

ギルベルトが的外れなことに驚いている。

「ふざけたことを言ってないで、これ以上被害が広がる前に片付けるぞ。フリーズ！」

俺は氷結魔法でユキウサギ十羽を氷の中に閉じ込めた。乱暴な方法だが、もとが氷属性の生き物なので、ダメージにはならないだろう。

「今のうちに回収してくれ」

「「はい」」

俺は側近たちに命じて、ユキウサギを捕獲した。


「ありがとうございます、お蔭で助かりました」

俺たちがユキウサギを届けると、サーカスから逃げた動物は全部戻ったようだった。悪ふざけをした貴族も王都の騎士団に捕まり、俺はサーカス団の団長から礼を言われた。

「これで今日の公演も何とかできそうです。ぜひ、特等席で見ていってくださいね」

その後、俺たちは予定通りに行われたサーカス団のショーを見て帰った。

祭りからの帰り道、ヴァレリーはセリム公子の少し後ろを歩いていた。

さっきからギルベルトが楽しそうにセリム公子に話しかけている。公子の他の側近たちも、先ほど見たサーカスの内容を、弾んだ声で話し合っていた。

ガラガラガラ……！

だが、そのとき急に、通りの先から大きな音が響いてきた。祭りで使うために雑に立てかけてあった木材が崩れたようだ。

「公子⁉」

その音と同時に、セリム公子はものすごい速さで現場に走っていった。

「〈再生治療〉」

公子が小声で言うのを聞いて、ヴァレリーは木材の中に一人の男が巻き込まれていたことを知った。

助け出された男は即死に近かったのかもしれない。

周囲には大量の血が流れていた。しかし、ヴァレリーが確認したときには、男は無傷だった。公子が瞬時に治療してしまったのだ。

「大丈夫か？　気をつけて歩けよ」

「あ……はい」

男は突然のことに何が起こったのか分からず、身分の高そうな貴族の近くにいることに居心地の悪さを感じたのか、すぐに逃げるように去っていった。

セリム公子は何事もなかったかのように平然と、男が去るのを見送った。

「待たせたな。行こうか」

「公子、王都で高度な治癒能力を見せるのは……」

「大丈夫さ。あの調子じゃ何が起こったか把握(はあく)できてない」

近くに何人か通行人はいたが、夜の暗がりの中だ。公子のやったことに気づいた者はいなかっただろう。

「気をつけてください。王家の者に能力がバレると厄介(やっかい)ですので」

「ああ、そうだったな」

セリム公子はヴァレリーの忠告を軽く受け流して歩き出した。

しかし、彼は数歩進んだところで立ち止まる。

「いや、軽率(けいそつ)だった。すまない、もう少しでヴァレリーたちに多大な迷惑(めいわく)を掛けるところだったな」

彼のかしこまった表情は、本当に反省しているようだった。

ヴァレリーはあまりに誠実な主人を前に、自分の俗(ぞく)っぽさを恥(は)じた。

「いいえ、私こそ差し出がましいことを申しました。公子は思うままに行動してください。後の処理をするために、私たちがいるのですから」

「……そうか。俺は良い配下を持ったな」

そう言って再び歩き出したセリム公子に付き従いながら、ヴァレリーは少し誇(ほこ)らしげに胸を張った。

番外編２　ラフィとチョコレート

ラファエラ王女は五歳のとき、戯れの剣術ごっこに付き合ってくれた騎士の剣を弾き飛ばした。

おそらく、それが最初の運命の分かれ道だったのだろう。その時の周囲の驚いた表情を、王女は成長した後もはっきりと覚えていた。

以来、王女に与えられるものは、可愛らしい人形から木剣や魔法書に変えられた。国中から優秀な剣士や魔術師が集められ、彼女の英才教育が始まった。

一方で、ラファエラ王女の妹のエミリア王女は、将来後継者争いとならないように、普通の女の子としてのんびり育てられていた。

姉妹の仲は良くも悪くもならなかった。全く異なる育てられ方をした二人は、最初から別の道を歩む人であり、互いにあまり関心を持たなかったから。

それが、ある夜、急に興奮した様子で妹王女がラファエラ王女の部屋を訪ねてきた。

「お姉様、セリム公子と同じ学年なのでしょう？　彼のことを教えてくださいませ」

エミリア王女は、ラファエラ王女と同じ学園に通うセリム公子に一目惚れしていた。

不思議なもので、妹に何度もセリム公子の話をせがまれるうちに、ラファエラ王女も公子に興味がわいてきた。それは、彼女と公子の婚約の話が出ても、公子がその婚約を拒んでルヴィエ侯爵令嬢と婚約しても続いた。

あるとき、セリム公子はラファエラ王女に小さな木彫りの人形をくれた。五歳でぬいぐるみを剣に持ち替えさせられた王女が再び手にした人形は、お世辞にも可愛いとは言えない奇妙な顔をしていた。

しかし、王女はその人形がとても気に入った。それは贈り主に似た不思議な温かさを感じさせるもので、王女の心を和らげた。

王女はその人形を、肌身離さず持ち歩いた。

小さな人形は、最期のときまで王女の光となった。

新学期に向けて王都に滞在していた俺たちだったが、学園の始業式は延期となってしまった。

サルミエント領での戦いで、王国の魔術師にかなりの死傷者と行方不明者が出たからだ。

事態を収拾し、人材の再編成が終わるまで、学園は休校となった。

俺はナディアに誘われて、学園特別棟のルヴィエ家のサロンに来ていた。

休校中の学園だが、特別棟や訓練施設は開放されていたので、王都に留まる者はそこで自習などをしていた。

「美味しいチョコレートのお店を見つけたから、教えてあげようと思ったの。セリム、チョコレートが好きでしょ？」

ナディアは俺の前のテーブルに、きれいな箱に入った固形チョコレートを置いた。いつの間にか、彼女に俺の食べ物の好みまで把握されていたみたいだ。

「そうだな。……うん、美味い」

俺はさっそく一つもらって食べてみた。少し苦味の強いチョコだけど、オレンジのドライフルーツが混ざっていて、ちょうど良い甘さになっていた。

「僕らもいただきますね。……うまっ」

連れて来ていたギルベルトとヴァレリーももらって皆で食べた。

「ありがとう、ナディア」

「いえいえ、どんどん食べてね」

「ピピ？」

俺が固形チョコレートをモグモグと食べていると、興味を持ったのかラフィがチョコレートの箱の近くに止まって首を傾げた。

「ラフィも食べたいのかな？」

「ピ！」

俺は特に考えず、チョコレートの一つをラフィの口元に運ぼうとした。しかし――。

「ダメですっ！」

と、すごい勢いでギルベルトに制止された。

「な、なんだよ急に⁉」

鬼気迫る顔で俺の腕にしがみついたギルベルトに、俺はびっくりして身体を少しのけ反らせた。

「チョコレートは、人間以外には毒なんですよ」

「そうなのか？」

「はい。犬や猫にチョコレートを与えると、最悪、死ぬこともあります。俺、昔、飼ってた犬に知らずにチョコをあげてしまって……何とか回復はしたんですけど、あの時は肝が冷えました」

ギルベルトは当時を思い出したのか、涙ぐんでいる。感受性が豊かすぎるだろ。

「んー、でも、ラフィは鳥だしなあ」

「いえ、ドラゴンよ、セリム」

ナディアに訂正された。そういえばずっと鳥の姿だったから、忘れてたな。

「何にしろ、気をつけた方がよいのではないでしょうか？　万が一、毒になるものを食べさせたら、取り返しがつきませんし」

と、ヴァレリーにも言われた。

「そうだな」

ラフィは俺が育ての親になって幸せにすると決めたのだ。こんなことで苦しめたくない。

「ピイィ？」

くれないの？　とでも言うように、首を傾げたラフィと目が合う。

「うっ……ラフィは食べたそうだな」

　しかし、何かあってからでは遅いのだ。俺は心を鬼にして、テーブルの上のラフィを掴まえて自分の肩に戻した。

「うーん、でも、どうだろう。ドラゴンの胃腸なら丈夫かもしれないし、食べられるものをこんな感じで食べさせないことになるとしたら、ラフィちゃんにとってかわいそうよね」

　と、ナディアが言う。

「そうだな。ドラゴンの飼い方、誰か知らないかな」

　そう俺が言うと、周囲の皆が微妙な表情になった。

「公子、普通、ドラゴンは飼えるものではありません」

　と、ヴァレリーに言われてしまった。

「あ、そうだ！　人間じゃなくて、龍に直接聞いてみるのはどう？」

　ナディアが閃いたというように、ポンと手のひらを叩いた。

「龍に直接？　ああ、いたな、ドラゴンの知り合い」

　研修旅行で訪れたリヴィアン島のリヴァイアサンだ。

「せっかく休みなんだし、リヴィアン島に行っておかない？　ドラゴンの育て方を聞けるチャンスなんて滅多にないんだから」

「そうだな、行こうか」

　学園の休校で予定が白紙になっていたし、遠出するなら今だよな。

リヴァイアサンの神殿へ続く聖属性の隠し扉は、以前と同じ図書館の地下二階にあったようだ。――ようだとしか言えないけどな。俺には見えないから。

「良かった。通路が残ってるか心配だったけど、ちゃんとあったわね」

ナディアは以前と異なり、聖属性魔力を身につけて扉を感知できるようになっていた。

「ピッ、ピピッ」

肩に乗せたラフィが鳴く。彼女にも扉が分かるみたいだ。

秘密の扉の前にいるのは、俺とナディアとラフィだけだった。リヴァイアサンの性格的に、大勢で押しかけると会ってくれない可能性があるから。

残りのメンバーは、島のビーチで遊びながら待機中である。

「以前に来たときは真っ暗だったけど、セリムにはこの聖属性の道が見えていたのね」

「うん。ってことで、今回はナディアが俺を先導してくれ」

扉をくぐると、ナディアは興味深そうに周囲を見回していた。

「ああ、セリムは力を天に返したのだったわね」

「そう。だから、今は俺が真っ暗で何も見えてない」

「分かったわ。足元に気をつけて」

俺の右腕をギュッと掴んだナディアに導かれ、左肩には重さを感じない小鳥のラフィを乗せて、俺は真っ暗な道を歩いた。


しばらく進むと、ナディアが出口を開き、再び明るい場所に出た。

そこは広い神殿で、虹色に光る白い龍が、以前と同じようにどっしりと中央に座していた。

「久しぶりだな、リヴァイアサン。少し聞きたいことがあって来た」

俺が声をかけると、龍はこちらに顔を向け、

「なんじゃ、お主ら、急に押しかけ――」

と、ぼやくように話し出した。だが、その声は途中で途切れ、彼は急に硬直したように動かなくなってしまった。

「リヴァイアサン、どうしたんだ？」

「……かわいい」

ボンっと音がしたような気がして、見ると、リヴァイアサンの目がハートマークになっていた。

「かわいい、かわいい、かわいい子がいる！　どうしたんじゃ、お名前は～～～？」

「ピッ!?」

馬車サイズの龍が俺に向かって、いや、正確には俺の肩のラフィに向かって、飛び掛かってきた。

「ピイィイィッ！」

俺は慌てて、自分たちの前に分厚い物理結界を張った。

ゴンッ！

「ごっ……ふっ……」

頭から結界に衝突し、リヴァイアサンは長い首を変な方向に曲げて倒れた。

「何するんじゃ！」

龍が俺を睨みつける。

「それはこっちの台詞だ。ラフィは生まれたばかりなんだぞ。そんな巨体で近づいて、怖がらせるな」

「ラフィ？　その子はラフィちゃんというのか⁉」

むくりとリヴァイアサンが起き上がる。先ほど酷い音を立てて俺の結界にぶつかったのは、ノーダメージだったらしい。流石にタフだ。

「ああ。今日はこの子、ラフィについて聞きに来たんだ。生まれたばかりだから、これからどうやって育てていけばいいか知りたくて……って、聞いてないな」

「ラフィちゃ～ん、ラフィちゃ～ん、こっち向いてよ、ねぇ、ねぇ、ねぇ～～～」

ドラゴンは数が少ないから、同族に会えた喜びもひとしおなのだろうか。リヴァイアサンはラフィに夢中だった。

「……他の人の話を聞かない、デカい図体で迫る……モテる要素がないわね」

ボソリとナディアが厳しい評価を下した。

「うっ……ならば、これでどうじゃ！」

その声と同時に、リヴァイアサンの巨体がかき消え、ラフィと同じサイズの真っ白な小鳥が現れた。

パタパタと羽ばたくたびに羽が虹色に光る、見た目だけならとても美しい鳥だ。

「ラフィちゃ～ん」

「ピィッ」

リヴァイアサンがラフィに近づくと、ラフィは俺の肩から飛び立ち、リヴァイアサンから距離をとるように逃げ出した。

「待って、ラフィちゃんっ」

「ピピピ……ピッ！」

部屋の中を逃げ回るラフィと、執拗に追い回すリヴァイアサン。

二羽の鳥が、俺たちの近くを何周も飛び回った。

パタパタパタ……。

「えいっ」

べちょっと、リヴァイアサンがナディアに叩き落とされた。

「何するんじゃ！」

「騒々しいですわ！　いい歳なんだから、大人しくしなさいっ」

ナディアに睨まれた海龍は、ビクリと身体を揺らし、静かにもと座っていた場所に戻った。

「……やっと落ち着いて用件を聞く気になったか」

「ああ。何じゃい?」

俺が話しかけると、リヴァイアサンは不機嫌そうに答えた。

「この小鳥、正体がドラゴンなことはすでに分かっていると思うが、守護龍ラファエラと俺が名付けた。彼女の育て方について聞きに来た」

「育て方? そんなものはないぞ。龍は勝手に育つものじゃ」

と、当然のようにリヴァイアサンは言った。

それもそうか。ちゃんと教育されてたら、リヴァイアサンが今のリヴァイアサンのわけがないな。

「でも、食べ物はどうなんだ? 食べさせたらダメな食品とかもあるだろ?」

「そんなものはない! ドラゴンを舐めるな。毒蛇だろうがトリカブトだろうが、何でも消化できるわ」

……いや、それは悪食すぎるだろ。

「くくく。思い出すのぅ。儂が若い頃はなあ、よく喧嘩相手の古代ザメに、食い貯めたウミヘビの毒をお見舞いしてやっていたわ」

と、リヴァイアサンは自慢げに語る。

「年寄りの若い頃自慢でここまで酷いヤツは初めて聞いたな」

「リヴァイアサンはラフィちゃんの反面教師に決定ね」

「……お主ら、口が悪すぎるぞ」

俺たちの辛辣な言葉とラフィの冷たい視線に、リヴァイアサンは項垂れていた。

まあ、いいか。ひとまず、ラフィにチョコレートを食べさせても大丈夫なことは分かった。

俺はポケットに入れていた小さな袋からチョコレートを一つ取り出し、ラフィの口元に持っていった。

「ピッ」

「これからは、一緒の物が食べられるな、ラフィ」

そう言って、俺はもう一つチョコレートを取り出すと、自分の口にも放り込んだ。

あとがき

お久しぶりです、こんにちは。

この度は、『やりなおし貴族の聖人化レベルアップ2』をお手にとっていただき、ありがとうございます。

お蔭様で、書籍版でもセリムは無事に目標を達成することができました。

今巻も、ウェブ版から五万五千文字ほど加筆してお届けしております。番外編は今回短めで、二つ合わせて八千字ほど。その分、本編にゴリゴリ書き加えさせていただきました。

二巻ではセリムの聖人化もかなり進み、街では異性にモテまくり、野山を歩けば小動物が寄ってきて、彼の歩いた後には花が咲くようになりました。聖人化の描写や新しいスキルの設定は、このお話のオリジナルなところで、考えていて楽しかったです。

後半は怒涛の伏線回収？　があり、ウェブ版のときは気楽にニヤニヤしながら書いていたのですが、書籍版の改稿では、「これでいいかな」「矛盾してないかな」と、頭をぐるぐるさせながら加筆しておりました。でも、この二巻を通してセリムたちの世界ができあがっていくのを見届けられて、嬉しかったです。

ウェブだと後半で登場シーンの減っていたギルベルトも、最後までセリムについていくことができました（笑）。

　二巻のイラストも、すざく様に担当していただき、今巻も素晴らしい挿絵をつけていただきました。見開きのカラー絵がめちゃめちゃかっこよくて何度も見返しておりました。挿絵のラファエラ王女も可愛くて、しかも、シーンごとに豪華なドレス姿で書いていただきました。ありがとうございました。

　編集のK様にも引き続き担当していただき、的確なアドバイスをいただいて本編をより良い作品に仕上げることができたと思います。ありがとうございました。

　また、この本の完成にお力を貸していただいた関係者の方々、お蔭様でステキな本に整えていただけました。ありがとうございました。

　最後に、応援してくださった読者の皆様、ありがとうございました。実は二巻が出るかは一巻の売れ行き次第という状況でしたが、皆様のお蔭で続刊できました。この二巻には書きたいシーンがたくさん詰まっていたので、続刊できて本当に嬉しかったです。重ね重ねありがとうございました。

　それでは。またお会いできることを願って、これからもできるかぎり面白い作品を書いていけたらいいなと思っております。

二〇二三年四月

八華

やりなおし貴族の聖人化レベルアップ2

2023年6月5日　初版発行

著　　者　八華（はちはな）

発行者　山下直久

発　　行　株式会社 KADOKAWA
〒102-8177　東京都千代田区富士見 2-13-3
電話 0570-002-301（ナビダイヤル）

編　　集　ゲーム・企画書籍編集部

装　　丁　AFTERGLOW

D T P　株式会社スタジオ205 プラス

印刷所　大日本印刷株式会社

製本所　大日本印刷株式会社

DRAGON NOVELS ロゴデザイン　久留一郎デザイン室+YAZIRI

ISBN978-4-04-074822-1　C0093